조금만 더
백수로 있을게

하고 싶은 게 많고, 뭘 해야 좋을지 몰라서

조금만 더 백수로 있을게

초판 1쇄 인쇄일 2019년 2월 14일
초판 1쇄 발행일 2019년 2월 20일

지은이 하지혜
펴낸이 양옥매
디자인 표지혜
교　정 허우주, 김민영

펴낸곳 도서출판 책과나무
출판등록 제2012-000376
주소 서울특별시 마포구 방울내로 79 이노빌딩 302호
대표전화 02.372.1537　**팩스** 02.372.1538
이메일 booknamu2007@naver.com
홈페이지 www.booknamu.com
ISBN 979-11-5776-692-5(03810)

이 도서의 국립중앙도서관 출판시도서목록(CIP)은
서지정보유통지원 시스템 홈페이지(http://seoji.nl.go.kr)와
국가자료공동목록시스템(http://www.nl.go.kr/kolisnet)에서
이용하실 수 있습니다.(CIP제어번호 : CIP2019003864)

하고 싶은 게 많고,

뭘 해야 좋을지 몰라서

조금만 더
백수로 있을게

글·사진 **하지혜**

책과나무

대학 시절 내내, 두려워하던 단어가 있다.

'청년 백수'.

누군가의 시선에 비친 나는 늘 부지런한 '예비 커리어 우먼'이었다고 했다. 답 없어 보이던 그 말, 백수가 되는 것만은 피하려고 부단히 움직였기 때문일까. 나를 바라보는 이들이 그려낸 이미지를 휘감고, 한껏 끌어올린 치열함의 온도가 떨어지지 않도록, 뛰었다. 걷는 것보다 뛰는 것을 좋아하고, 천천히 가는 것보다 남들을 제치고 빠르게 앞서 가는 것이 내게 더 어울린다 생각했다.

하지만, 나는 치열한 전장과 어울리지 않는 사람이었다. 그 땐 몰랐다. 내가 지쳐 있던 것도, 내 목표가 흐릿했다는 것 역시 잘 알지 못한 채였다. 착각의 탈을 쓰고 그저 열심히 달리며 나의 20대 초반을 모두 보내 버렸다. 스스로의 참모습을 똑바로 마주한 것은 불과 몇 달 전이다.

확신을 갖고 도전했던 길에서 나는 세상의 쓴맛을 처음 느껴 보았다. 사실 그다지 큰 충격도, 살을 에는 쓰라림도 아니었을지 모른다. 나를 덮쳐 온 고통을 견디기에 내가 한없이 연약했을 뿐이었다. 나는 그 길을 내 스스로 저버렸다. 어쩌면 나의 조급함 때문이었을지도 모르겠다. 그러니 후회를 해도, 원망을 해도 그 모든 화살의 끝은 나에게로 돌릴 수밖에 없었다. 무거운 '자기책임론'을 끌어안고 시간을 보내다 보니 어느새 백수로 지낸 지 1년이 넘어 있었고, 나는 치를 떨며 싫다고 발버둥 쳤던 백수라는 단어와 나, 하지혜라는 사람의 짝을 꽤 자연스럽게 받아들이고 있었다. 그리고 하루에도 수십 번씩 변덕을 부리는 흔한 백수의 감정 노선에 나도 모르게 익숙해져 있었다.

어릴 때부터 힘들 때면 글을 쓰면서 위안을 받고 스트레스를 풀었었다. 백수로 지내게 되면서 나만의 해소법을 다시 찾게 되었다. 밤마다 나의 침대로 찾아드는 복잡한 생각들을 조금은 떨쳐내고 싶어서, 노트북 키보드를 도닥이기 시작했던 것이다. 글을 모으고 다듬기 시작한 거창한 이유나 목적은 없었다. 그저 날마다 꾸준하게 무어라도 계속 해보고 싶었고, 오늘 하루를 버티어 낸 내게, 내일로 건너갈 작은 디딤돌을 만들어주고 싶었을 뿐이다.

지금부터, 한없이 우울해 하다가, 갑자기 내가 처한 상황에 편안함을 느끼다가, 그러다 또 문득 찾아오는 불안감에 안절부절못하는 백수의 감정 곡선을 있는 그대로 보여주려 한다. 일이 없이, 일하고자 하는 의욕도 없이, 그저 하루를 버티고 있는 또 다른 백수 동지에게도 조금이나마 위안이 되었으면 하는 작은 소망을 품고.

그럼 이제, 볼품없지만 나름대로 나지막한 희망을 품은, 이 시대 청년 백수의 마음속을 연다.

글을 열며 · 4

Sequence 1 부재

Scene #1 빠르게 달리다, 잃었더라

opening 무모함 · 24 / 인정 · 25 / 고백 · 26 / 도망의 결말 · 28 /
closing 무모함의 역습 · 31

Scene #2 스케치의 상실

opening 착시 효과 · 38 / 처음이라, 낯선 · 40 / 환영 · 41 /
closing 두 가지 · 43

Scene #3 붙잡을 수 없는 것

opening 시간 · 52 / 그곳에서 보낸 시간 · 52 / 떠나보낸 인연의 시
간 · 56 / 시간을 보내는 시간 · 58 / closing 미련 · 61

Scene #4 알맞은 것

opening 그게 뭐길래 · 68 / 당연한 나약함 · 68 / 평생 모자란 · 71 /
closing 필연을 거부한 핑계 · 73

Scene #5 얼마나 크게 되려고

opening 그 시간의 뒤 · 80 / 그렇게 배웠다 · 80 / 좁고 작다 · 84 /
closing 작은 빛, 기대하다 · 85

Sequence 2 인정

Scene #1 홀로 걷는 법

opening 문득 다가오다 · 100 / 변곡점 · 100 / 영역 표시 · 102 / 나락의 순간에도 · 103 / closing 내 그림자와 친해지기 · 105

Scene #2 인생 메이트

opening 첫 만남 · 112 / 길, 변화 · 112 / 동행, 여유 · 113 / 탈출 후에 마주친 나 · 117 / closing 여운의 샘 · 117

Scene #3 비행의 시간

opening 두렵지 않은 공간 · 128 / 기내의 시간 · 129 / 기내의 시선 · 132 / closing 망각 · 134

Scene #4 리틀 포레스트

opening 나는 자연인이다 · 142 / 시골 싫어 · 142 / 감정 반전 · 145 / closing 자연에 감사 · 148

Scene #5 고맙다, 내 곁

opening 고마운 치유제 · 154 / Honeybee Honeybee 꼬여 · 154 / 글이 주는 위안 · 157 / closing 주제넘은 소리 · 160

Sequence 3 다시,

Scene #1 조금 더 머물고 싶지만

opening 인생 변비의 편안함 · 174 / 양심, 염치 팔아먹기 · 175 / 백수의 생활 · 177 / closing 머물고 싶다 · 179

Scene #2 청산

opening 후회의 뫼비우스 · 188 / 인생 판타지 · 188 / 변화 혹은 붕괴의 경계선 · 191 / 개인주의 지혜 씨 · 193 / closing 복잡, 미묘 · 195

Scene #3 마음에만 품지 말고, 바로 지금

opening 한계 · 208 / 강박이 남긴 흔적 · 208 / 행동하니 행복해졌다 · 210 / closing 미루기 금지 · 212

Extra Sequence 알아감

Scene #1 모름지기, 백수라면

opening 백수의 미덕 · 226 / 규칙적으로 살라 · 226 / 눈치로 잡아라 · 232 / closing 백수, 편하다 · 234

Scene #2 변신의 이유

opening 중독 · 242 / 인스타충 · 242 / 나 지금 궁서체다 · 245 /

closing 밖으로, 밖으로 · 248

Scene #3 카페스타그램

opening 소확행, 시발점 · 256 / 씁쓸한 첫 경험 · 256 / 편안한 변
화 · 257 / 커피보단 콘센트 · 261 / closing 다시 꾸는 꿈 · 266

Scene #4 당신에게 쓰는 편지

opening S와 T 사이 · 272 / S · 272 / T · 274 / closing 오늘도
네가 · 277

글을 닫으며 · 283

- 쇼트 shot 영상 촬영에서 가장 작은 단위. "액션!"부터 "컷!"까지, 한
  번에 찍은 화면.
- 신(이라고 쓰고 씬이라고 읽는,) scene 쇼트 여러 개가 모여 만들어진
  하나의 장면.
- 시퀀스 sequence 여러 신(장면)이 모여 만들어진, 한 이야기.

오늘도 그렇게,
무언가 되기 위해 노력한 당신에게

부재

teaser
"사실, 다시 세상으로 가기가 두렵다. 상처받기가 무섭다."

언제나 깐깐한 잣대로 사람들을 평가해 왔다. 단 한 사람, 나만 예외였다. 다른 이들에게 실패가 있다면, 나에게는 성공만 있을 것이라 생각했다. 누구에게나 어려움이 있다 해도, 나에게는 늘 물 흐르듯 막힘없는 통과만이 있을 것으로 여겼다. 유약하고 허술한 기준만을 나에게 들이밀고, 가장 많은 너그러움을 베풀었다. 하는 일 없이 돈만 축내는 것, 부모님이 짊어진 걱정의 8할을 내 지분으로 만드는 것은 내 미래에 결코 드리워서는 안 될 절대적인 악이었다. 즉, 지금 현재 내가 처한 상황은 내가 그려왔던 미래에 결코 존재하지 않던 장면이었던 것이다.

나의 미래는 평안해야 했고, 늘 만족스러워야 했고, 자신만만해야 했다. 내가 그렇게 그렸다. 내 밑그림에는 이런 막막함이 들어올 곳이 없었다. 안전해 보이는 자리에 쌓아둔 해변의

어리석음을 지닌 인간은
스스로에게만큼은 가장 큰 자비를 베푼다.

모래성이 예기치 못한 큰 파도에 무너지듯 갑작스레 처하게 된 청년 백수라는 상황. 전혀 생각지 못했기에 대처할 방법이 없었다. 백수가 된 내게 남은 것은 오로지 상실, 부재, 허무뿐이라 여기며 스스로를 갉아먹기 시작했다. 시간이 갈수록 그 생각들이 나를 집어삼키고, 서서히 모든 것이 잠기기 시작했다.

검은 밤의 손님 :

짧게 헐떡이는 내 숨을 뒤 쫓아
빠른 걸음을 재촉한 그가 순식간에 가까워 온다.

똑똑–

일순간 내 귓전을 두드리는 노크 소리는
나를 이토록 움츠리게 만든다.

드르륵–

쉬이 열린 문 바로 너머,
검은 밤을 배경으로 입은 채 붉은 선혈의 미소를 머금은
음흉한 그 당신이 내 시야에 들어찬다.

부글부글 끓어오르던 당신 뒤의 검은 기체는 곧,

내게 날아와 무겁게 내려앉는다.

두려움이다.

Scene #1

▼

▼

빠르게 달리다,
잃었더라

표류하는 낡은 판자 그 위,

얼기설기 맞춰진 근육의 균형을 잃어버리는 찰나,

뒤집어질지 모르는 불안함 위에서

그저 둥둥대는 물길에 귀를 담가 본다.

반쯤 잠기어 견딘 얼굴을 들어올리니,

머리칼이 축축이 젖었다.

군데군데 얼어가던 정신의 균형을 잃고야 말았다.

그렇게,

푹- 꺼지고 말았다.

Opening: 무모함

　나아갈 목표가 뚜렷하게 있는 것이 아니었다. 스스로를 믿어 의심치 않는 확실한 자신감이 있는 것은 더더욱 아니었다. 하고 싶은 일, 되고 싶은 것. 가슴속에 품을 줄만 알지, 꺼내어 두고 계획을 세워 구체적으로 빚어나가는 인간상은 못 되었다.

　소심하고 줏대 없다. 남들이 할 수 있다, 해 보라 하면 자신감이 서고 가슴이 뻥 뚫린다. 남들이 그건 아니라 하면 도전 자체가 헛수고며 시간낭비라 생각되어 꺼려진다.

　이런 나는 누구일까? 하는 물음이 불쑥 튀어나오는 상황에 직면하게 되면, 이런 내가 나도 싫어진다. 세상에서 나만 뒤처지는 것 같고, 세상이 나를 이상하게 바라보는 것만 같은 느낌이 든다. 선뜻 내딛지 못하는 소심함과 이리 갈팡 저리 질팡 하는 갈대 같은 마음이 만들어내는 교집합 가장자리에서 배회 중이다. 워낙 잔정 많은 성격이 이런 내 성향조차도 매정하게 뿌리치지 못했다고 하면, 합리적인 변명으로 들릴까?

그런데, 이런 나에게 25년 동안 키워 온 또 다른 성향이 하나 존재한다. 소심함과 우유부단함보다 몇백 배 큰 에너지를 지닌, '답 없는 무모함'이다.

Shot 1. 인정

나는 내가 이성적이고 합리적이라 생각했다. 다른 이들에 비해 무모함은 잘 발현되지 않는다 여겼다.

하지만, 사람들이 바라본 내 모습은 내가 생각하고 있던 나와 전혀 달랐다. 나를 잘 안다 하는 그들이 본 나는 현실에 안주하고 살기보다 늘 이상을 향해 달리고자 했단다. 음, 모름지기 청춘이라면 당연히 그래야 하는 것 아닌가? 인생에서 한 번쯤 핑크빛 미래를 그려봐야 의지가 생기고, 힘 좋을 시기에 활활 불타올라 볼 것 아닌가? 반문했다. 그리고 '열정'이라는 수사로 그들이 그려낸 내 이미지를 합리화했다. 그래, 청춘과 열정. 참 잘 어울리는 한 쌍이다. 두 단어 덕에 나의 20대 청춘은 무모함과는 어울리지 않는 모습이라 자부했다.

뒤돌아봄 없이 전방만 바라보며 내딛던 발걸음이었다. 그것을 무모함이라고 생각지는 않았다. 남들 하는 만큼 하고, 남들과 어울리게 스스로를 만들어 간다 여겼다. 뜬구름은 그저 흘러가는 그대로 놔두고 현실적으로 삶을 준비하고 있다고 생각했다. 이런 내 태도가 다른 이들의 눈에는 전혀 다르게 비치고 있다는 것을 나 혼자만 몰랐다. 나를 스쳐가는 계절이 세 번 바뀌고서야, 직진 본능 충만한 나의 인생 행보가 내게 존재하던 무모함에서 시작된 결과임을 인정할 수 있었다.

Shot 2. 고백

대학교 입시를 준비하던 시절부터 말뚝을 박아 둔 세상이 있었다. '방송 판'이다. 그곳에 닿고자 쉴 새 없이 뛰고 걷기를 반복했다. 그 세상에 가까이 가고자 문화콘텐츠학과를 선택했고 입학하여 4년간 다니고 졸업했다. 그 영역에 전문성을 갖추려고 콘텐츠 강국이라는 영국(런던)으로 어학연수를 떠났다. 내 나름대로 스펙을 쌓았고 방송 판이라는 틀에 맞추어 스스로를 스타일링 하며 다져갔다. 하지만, 목적지로 향하는 구체적인 단계를 깊이 생각하지 않았다. 방송 판이라는 곳에 뛰어들었을 때 내가 정작 무엇을 하고자 했는지도 막연했다. 가장 근본적인 문제는 그곳이 어떤 모양새인지 내가 정확히 그려 낼 수 없었다는 것이다. 그리고 지금도 모르겠다. 내가 기대했던 이상

이 대체 어떤 모습이었는지, 여전히 물음표다.

꿈을 품고 부지런히 움직이던 내 지난 모습은 분명 아름답고 멋있었다. 하지만, 나는 모호하고 막연한 미래만 그리고 있었던 것이다. 그것이 초점이 어긋나 흐릿한 사진임은 아예 망각한 채, 나는 숱한 시간 동안 그저 앞만 바라본 채 내달리고 있었다.

또 하나 무심히 외면한 것이 있다. 내가 꿈꾸는 목표지점으로 가는 도중에 겪어야 할 과정이었다. '방송쟁이가 되겠다' 했을 때 내가 상상한 스스로의 모습은 직접 기획하고 제작한 드라마가 내 이름을 걸고 전파를 탄 모습이었다. 내가, 그리고 내가 사랑하는 이들이 내 이름을 자랑할 수 있는 아름다운 피날레 말이다. 엔딩 장면을 만들어 가는 과정에서 겪을 흔들림은 내 관심사가 아니었다. 먼 미래의 청사진만 그리며 설렘으로 잔뜩 부푼 마음뿐이었다. 당시의 내게 '깊음'이라고는 눈꼽만치도 없었다고 핑계를 대고 싶다.

남이 정해 놓은 길에 내 발자국만 올려놓는 것. 그게 내 인생이었고, 그렇게 타인에게 의지하는 편이 편했다. 전혀 새로운 길을 가는 것은 두려웠다. 편하게, 안락하게, 따뜻하게 지금처럼만 지내면 그만치 좋은 것이 없었다. 천성대로라면, 나를 바라보는 시선들이 원하는 삶을 묵묵히 만들어 갔을 것이다. 안정적이고 편안한 환경 속에 묻혀 그저 그렇게 살았을 테고, 이렇게 내달리지도 않았을 거다. 이런 내가 어쩌다 그 많은 반대를 무릅쓰고 자신의 목표를 향해 꾸준히 달려갔을까? 답은 거창하지 않다. 강력한 힘에 이끌렸던 탓이다. 그 힘의 발원지는 미래에 대한 막연한 망상이 촉매가 되어 발현된 무모함이었다.

방송 하나로 유명세를 치를 만큼 널리 알려진 미래의 내 모습! 그것만이 나를 움직이는 동력이 되었다. 곧, 강력한 힘을 가진 무모함이 천성을 단숨에 집어삼켜 버렸다.

Shot 3. 도망의 결말

지난해, 방송쟁이가 되었다. 방송 판이라는 곳에서 놀아 보겠다던 막연한 이상에 드디어 첫발을 들여놓고, 멀어 보이던 꿈이 현실로 한 걸음 가까워진 그 시작의 순간이었다.

스스로를 통제하고자 노력했다. 그곳에서 어떻게든 단단하게 뿌리 내리려고 했고, 넘어진 상처가 짓무르는 한이 있더라

도 아픔을 참는 연습을 하겠다고 스스로를 다잡았다. 구체적인 시나리오는 존재하지 않았지만, 이 정도는 버티겠노라 믿었다. 여기까지 닿기 위해 들인 노력이 있었기에, 자존심이 바닥을 치더라도 쉽게 포기하지 않으리라 다짐했다.

하지만 나는 세상 물정 모르는 뜨내기에 불과했다.

방송 판은 익히 들었던 것처럼 역시나 쉬운 길이 아니었다. 약하고 여린 내가 견뎌내기엔 살벌하기 그지없는, 쓰라린 사회의 단면이었다. 쓰디쓴 약을 삼키는 것보다 더 힘들게 다가오던 그 삶이, 내가 오래 꿈꿔온 생활의 실제 모습이었다. 하루하루가 꽃길과도 같을 것이라 여겼던 방송 판의 막내 생활은 눈칫밥 먹기는 기본이었고, 칭찬받는 데만 익숙했던 나를 욕 받이로 전락게 했다. 분명 대학교까지 나온 고급인력인데 왜 사회인으로서 하지혜는 천치가 되어 버리고 마는 것인지. 스스로가 한심하게 느껴질 때가 한두 번이 아니었다. 시간이 갈수록 자연히, 내 오랜 목표와 꿈이 빛을 잃었다. 오래지 않아, 이 더러운 바닥에서 꿈을 더 구체화시켜 나가길 포기하라는 외침이 내 속에서 크게 들려왔다. 결국, 견디는 법을 잊은 나는 꿈꿨던 세계를 단박에 외면하고 그곳에서 도망치듯 달아났다.

그때 사실, 기분 좋았다. 괴롭히던 사람들과 옥죄던 시간들, 짓누르던 무게들에 한 방 먹인 것처럼 상쾌하고, 통쾌하고, 홀가분했다. 문제는 그 후였다. 곧 나의 뒤를 채우는 배경색은 깊은 어둠이 되어 백수가 된 나를 한없이 공허하고 무력하게 했다.

내 일과표가 휑하니 비게 되자, 나를 보기 위해 대기 순번표를 뽑고 기다리던 이들을 고객으로 맞이해야 했다. 그들과 마주하는 동안, 나는 동정을 받아야 했고, 안쓰러워하는 눈길을 한 몸에 받아야 했으며, 동시에 한심하다는 시선의 과녁이 되었다.

누군가는 내게 힘내라는 말을 한 보따리 쥐여 주었고, 누군가는 한 줌 관심을 전해 주고자 근황을 묻기도 했으며, 또 다른 더러는 다시 달려 나갈 힘이 되라는 채찍질까지 주었다. 그 모든 것이 복합체가 되어 내 마음을 뾰족하고 날 선 모양새로 만들어 버렸다.

Closing : 무모함의 역습

내 앞에는 번호표를 뽑아 들고 나와 마주하기만을 기다리고 있는 또 다른 손님들이 각자의 막막함, 불안함, 갑갑함들을 내게 전해 주고자 길게 줄지어 대기 중이다. 받아들이고자 했으나, 여전히 그들을 대하기 낯설고 어설프다. 서툰 응대에 화가 난 고객들은 내 생각은 추호도 하지 않고 한꺼번에 들이닥치며 매일의 내 시간과 마음을 축낸다.

오늘도 감정 소모를 열렬히 당한 탓에 영혼이 분해되어 사방의 공중으로 날아가 버렸다. 마지막 남은 정신 한 줌마저 흩어지려 하던 그때, 마음 깊은 속에서 무언가 튀어 오른다. 그동안 잊고 지내던 '무모함'이다. 나도 모르는 사이, 또 다른 에너지를 비축해 냈나 보다. 다시, 역습을 위한 도약을 한다. 나를 향해 날아오던 시선의 칼날을, 어설픈 동정과 연민의 대화를 쳐내기 위하여.

저 멀리 끝자락, 작은 점 하나,
빛이 난다. 손짓한다.
다가오라, 걸어오라 조심스레 나부낀다.

저 멀리 서 있는, 작은 눈 하나,
반짝인다. 바라본다.
잊지 마라, 담아두라. 간지럽게 소곤댄다.

목적도 방향도 없이 흔들리는 나부낌에
멀거니 발자국을 내려본다.
포슬대는 소곤댐에
바람에 휩쓸려 앞서간 발자국을 그려본다.

다시,
바람에 실려 온 발자국은
짙은 소음이 되어 울린다.

부디, 쓰러지지 말아라.

Scene #2

▼

▼

스케치의
상실

예외라는 황홀경 속에 갇히어
내게만은 비껴 갈 것이라는
나만의 틀을 만들어 두었다.

잔혹한 계절의 마디는,
결코 쉬어 가는 법 없이
조금의 틈도, 일말의 희망도 내어주지 않았다.

결국, 인내 없이 앞서간 발자국에
예고도 없이 과거가 되어 버린 순간은
눈앞에서 산산이 흩어졌다.

앞만 보고 내달리던

마디들의 시선에

그렇게 또 하나의 빛을 잃었다.

하루도 그날을 그리지 않은 적이 없었다. 부지런히 손을 움직였고 무던히도 힘을 들여 왔다. 미래에 대한 나의 꾸준한 태도였다. 허여멀겋게 비어 있는 백짓장 같은 내일은 성에 차지 않았고 내 커리어에 '여백의 미' 따위는 어울리지 않는다 믿었다. 자리 하나를 차지하고자 항상 바빴다. 여유가 마음속에 비집고 들어올 틈을 내어주는 것은 사치로 생각되었다. 그러다, 오랫동안 계획했던 방송 판에 발을 넣은 지 얼마 되지 않았을 때, 나는 산산이 부서진 멘탈을 간신히 주워담은 채 그곳에서 도망쳤다.

그 모든 일이 한 해 동안 일어났다는 사실은 아직도 믿기지 않는다. 말할 수 없는 희열과 나락을 동시에 겪은 2017년, 그해 1월 나는 합격 통보를 받고 엄청난 행복과 열정에 휩싸여 있었다. 합격통지서를 안고 들어선 드라마 프로듀서 스쿨에서 상반기 대부분을 보냈다. 목표를 함께하는 이들과 내 청춘의 한 챕터를 채우며 미래의 행복한 PD 생활을 그렸다. 더없이 찬란하게만 느껴지던 내 인생의 한 구절이었다. 황홀했다. 이렇게 즐거워도 되나 싶었다. 이 시간은 내 노력의 결과라 생각하며 한껏 물오른 거만을 어깨에 달고 살았다.

2017년 하반기가 시작되던 시점, 모든 상황은 반전된다. 하

루하루가 고달팠고, 서러웠다. 나 같은 귀한 인재를 이렇게 막 부려도 되나, 속으로만 삭힌 탓에 영혼이 검게 물들었다. 영혼의 번짐, 그 끝에는 깊은 분노가 있었다. 근원을 알 수 없는 노여움을 풀 길이 없던 찰나, 결국 모든 것을 버려두고 뛰쳐나왔다. 동시에, 내 앞은 무계획이라는 순백의 도화지로 가로막힌다.

막연함과 불확실이라는 옷을 입은 그 종잇장은 툭 치면 금세 구겨질 것처럼 연약해 보였지만, 시간이 지나도 쉽사리 뚫리지 않았고, 그렇다고 구부러지지도 않았다. 조금만 더 힘을 내면 숫기 없는 이 벽을 밀치고 나아갈 수 있을 것도 같은데, 점점 회색빛으로 변해가던 도화지는 이제 검은 암막으로 진화해 나를 가로막고 섰다. 완전한 불확실 속에 나를 가두어 버린 것이다. 그렇게 나는 서서히 자력갱생할 의지와 힘을 잃어갔다.

Shot 1. 처음이라, 낯선

처음이었다. 이렇게 쉽게 내가 무엇인가를 포기할 수 있다는 사실을 인지한 것이.

부단히, 저 멀리 찍혀 있는 작은 점만 바라보았다. 입시를 준비하던 10대 후반, 당당한 대학 신입생이 되어 채워 간 청춘의 시간들. 오래도록 그려온 방송쟁이의 꿈을 실현하기 위한 커리어를 엮어 갔고 20대 초중반은 방송 판에 발을 들이기에 알맞은 이야기로 차곡차곡 쌓여 갔다. 작은 점이었던 방송 판은 내 앞에 점차 둥그런 원으로 반경을 키우며 다가오고 있었다.

조금씩 선명해지는 목표를 향해 뒤도 돌아보지 않고 직진했다. 쥐고 달리던 바통을 일순간 감정에 두말없이 내던질 줄은 그 누구도 알지 못했다.

내가 해낸 포기에 나 역시 놀랐다. 결국, 스스로가 낯설어지고 말았다. 직진만 해 오다 후퇴라는 결정을 선뜻 치켜든 내 모습이 어색했다. 결국, 나 자신에게 거리를 두기 시작했다. 내가 알던 내 모습이 아니었다.

일을 그만두고 한동안은 마치 자석의 같은 극을 대하듯 그런 나의 모습을 밀어냈지만 애석하게도 시간이 지날수록 스스로를 거부하는 마음은 옅어져 갔다. 하고자 하는 의지를 잃기 시작했더니, 곧 무기력이라는 거대한 파도가 온몸을 잠식하기 시작했다.

지난 시간을 보내며 버티는 동안 단단해지고 상처가 아무는 것에 익숙해졌다 생각했는데, 과대평가였다. 나는 여전히 어린아이 티를 벗지 못한 무른 성인이었으며, 덧난 상처에 혼자서 연고를 바르는 능력치는 현저히 떨어졌다. 그래, 나는 힘들면 칭얼대기 좋아하고, 외로우면 기대기 좋아하는 나약한 인간에 불과했다.

Shot 2. 환영

'곧 끝날 거야, 이제 끝이 보여.' 스스로를 다독이며 도착한 자리에서 깨닫는다. 굳게 닫힌 문에 걸린 자물쇠를 풀 방도가 그 어디에도 없다는 것을. 잇따른 깨달음이 나를 찾아온다. 날 향해 흔들던 손짓 역시 내 착각이 만든 환영幻影이었다는 것을.

서 있는 지점에서 그리 멀지 않은 곳에 목표점을 알리는 깃발 하나가 꽂혀 있었다. 형체는 또렷하지 않지만, 깃발 옆에서 사방으로 휘젓는 손짓. 그것은 분명 나를 향한 손짓이었다.

'어서 여기로 오라.' 방송 판에 발을 들이민 나를 이끌어 줄, 누군가가 흔드는 환영歡迎의 손짓이라 단정했다. 서슴없이 내달렸다. 몇 달간은 달콤했다. 그후 몇 달간은 버틸 만했다. 하지만, 버티어 내는 시간이 늘어날수록 내 열정은 빠르게 식어

갔다. 견뎌야 하는 상황이 쌓일수록 핑크빛 미래는 내 손아귀에서 색이 바래져 갔다. 끝을 모르고 곤두박질치던 내 열정은 결국, 나를 시험하는 얄궂은 운명의 장난에 완전히 퇴색되고 말았다.

무모함이 만든 확신으로 뛰어든 진로가 방송 판이었다. 일절 후회하지 않을 'STOP'을 선택한 후 깨달은 바는, 확고부동한 길은 어디에도 없다는 것이었다. 내가 본 그 손짓은 결코 나를 위한 환영의 나부낌이 아니었고, 나를 향한 것이라 여겼던 반가움의 손짓은 환상에 휩싸인 내 착각이었다는 것을 알게 된 순간, 포기 선언을 했다. 본능과 충동에 밀려 고꾸라진 이성이 마지막 힘을 쥐어 짜내 조심하라 일렀건만, '여기서 일단 정지'를 외친 내 감정은 이미 이성을 깊이 묻어 둔 후였다.

세상은 그렇게 쉽게 변하지 않는다. 고인 물은 썩기 마련이고 금세 그 흔적이 지워지지도 않는다. 요즘 시대가 제아무리 소확행, 워라밸을 외친다 해도 우리 사회는 여전히 고학력, 고스펙, 고학점이라는 고공 행진에 박차를 가하고 있다. 고여서 썩은 물이 된 그들의 세상에서는 여전히 의사, 판사, 변호사가 대단한 직업이며 '공부'를 하는 것만이 성공의 길처럼 여겨진다. 이런 세상에서 우리 청년들은 물집이 잡혀 부르튼 발을 주무르며 다시 뛰고, 걷고, 뛰고, 걸어야 하는 것이다.

이 막막한 시점에서 생각해 본다. 우리에게 걱정의 눈길을 보내던 사회는 과연 어떤 세상일까? 청년 백수가 되고 보니, 그 걱정의 한숨은 가식이 만든 의미 없는 태도가 아니었을까 한다. 그러다 보니 자연히 궁금해진다. 이렇게까지 모두가 상향 평준화된 사회를 만든 것은 대체 누구인가? '성공'이라는 훈장을 단 직업과 지위만을 위하여 걷기 원하는 자들은 누구인가?

괜히 내 신세가 처량하여 외쳐 본다. 시대가 어느 땐데 공부만이 살 길이고 의사, 변호사, 대기업 입사만이 성공한 인생인가. 말도 안 되는 논리다. 시대가 어느 땐데!!

Closing: 두 가지

오늘 내게 닥친 불확실함은 여전히 내 시야를 방해하며 꿋꿋

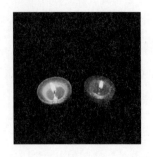

하게 버티고 서 있다. '내일은 오늘보단 낫겠지'라는 말도 이제 힘이 되지 않는다. 당장 내일도 미래에 대한 답답함을 이고 시간을 버리게 될 것이라는 생각에 무력감만 생기는 것을.

그런데 또 어떻게 보면, 이 불확실함의 장벽은 조금만 세게 툭 치면 곧 고꾸라질 것 같다. 혹시나 하는 마음에 손을 들어 이 벽을 쳐 볼까 싶지만, 웬일인지 내 마음이 거부한다. 당장의 불명확함을 걷어내기를 망설인다. 꺼내든 주먹을 슬며시 주머니 안에 다시 넣는다.

사실, 다시 세상으로 나가기가 두렵다. 상처받기가 무섭다. 또다시 후퇴라는 결정을 내리고 마는 자신을 마주할까 걱정이다. 그래서 나는, 조금 더 긴 회복기를 겪고자 한다. 한 번의 처절한 굴복이 가진 여운이 아직 내게 머무르고 있다는 것을 핑계삼아.

언제쯤 이 긴 회복기가 끝날지 알 수 없다. 지금 분명한 것은 두 가지다.

하나는 나를 가로막은 불확실함을 이겨내고 다시 달리기를 시작했을 때, 나중의 내가 지금 나의 백수 생활을 그리워할 것이란 사실이다. 지난 내가 항상 '후회'라는 것과 친했던 것을 보면, 이렇게 '잠시 쉼'을 보내고 있는 지금이 그리워질 날이 올 거다. 분명.

또 하나는, 이제 새로운 불씨가 튀어 오르지 않을까 하는 '일말의 기대감'이다. 걷다가 뛰어가기 시작하던 때의 나에게는 언제나 어떤 자극이 동기부여가 되어 윤활제 역할을 톡톡히 했다. 지금 이렇게 긴 숨고르기를 하며 백수로 보내고 있는 시간들이, 앞으로 있을 어느 '보통날'을 위한 부드러운 원동력이 되지 않을까 하고 소소하게 기대를 걸어 보는 것이다.

검은 묵묵함이 깊게 자리한 저 심연의 곳,
짙부연 먼지를 꼬리로 한 무리가
미등조차 거부한 채 달려오고 있다.

목적도, 시선도 없어 뵈는 그들의 길 위,
부산히 움직이던 발굽이 만들어 낸 깊은 곳의 파고는
진한 파동이 되어 나를 휘 울린다.

고단하였겠구나,
수고했다, 이만하면 되었다.

Scene #3

▼

▼

붙잡을 수
없는 것

그때도 알았더라면 :

한 뼘조차 채 않던
이 곳, 이 즈음의 거리가
모든 소음을 차단한 채
앞만 마주한 걸음으로
곁을 스치는 것을
그때도 알았더라면.

Opening: 시간

하나의 종착점만 보고 꾸준히 앞으로 나아가는 것이 있다.
'시간'이다.

오직 앞만 내다보는 시간은, 오늘을 보내는 내게 여지없이
미련을 남겨 두고 제 갈 길을 간다. 결코 뒤돌아보는 법 없는
매정한 시간은 붙잡고 싶어 하는 내 눈빛도 무시한다. 현재를
버티는 내게 속절없이 잔인하고 무정하다. 결국 내 지난 기억
들은 그 시간의 등에 업혀 걷잡을 수 없이 멀어진다.

Shot 1. 그곳에서 보낸 시간

2014년, 영국 런던으로 어학연수를 떠났다. 낯선 새로움 속
에서 모든 것을 처음 경험하던 날들이 마냥 행복하고 즐거운 환
상 속의 시간만은 아니었다. 한국에서보다 더 외로운 시간을
보냈고, 더 힘든 어려움을 겪었으며, 덜 행복한 순간으로 가득
했다. 외롭고 힘들고 덜 행복한 모든 마이너스 감정들이 섞여,
런던의 그 공간, 런던의 그 시간을 거닐던 나는 거의 매일 한국
에 두고 온 내 시간, 나의 공간, 나의 것들을 그리워했다. 당시
는 전혀 알지 못했다. 플러스 감정을 잘 이끌어내지 않던 런던
의 공기와 분위기 속 내 모습을 한국에서 다시 그리워하게 될
줄은.

'런던에서 보내던 시절은 내 인생 전체를 두고 보았을 때 가장 복에 겨운 시간이었다'는 깨달음을 얻은 시점은 그곳에서의 생활이 내게 판타지처럼 다가온 순간, 다시 한국 땅에 내 두 발을 붙이게 된 순간부터였다.

런던에서 10개월가량을 살았다. 그리고 한국에 다시 발을 들여놓은 그 순간, 런던에서 보낸 계절과 온갖 장면들이 가상 세계에서 벌어졌던 것 같은 환상의 프레임에 갇혀 버렸다. 런던에서 지낸 생활이 모두 한낱 꿈처럼 느껴지기 시작했다. 그때 느낀 감정을 적절하게 설명하는 용어를 알게 된 때는 그로부터 1년 후였다. '현실로그인'.

언제부터였는지는 모르겠다. '현실'이라는 단어가 마냥 투박하고 거칠고 팍팍하게만 느껴지기 시작한 것이.

대학교를 다니는 동안, 나는 내가 처한 대한민국의 대학생이라는 신분이 답답했다. 급박하게 돌아가는 한국 사회에서 무엇이 될지 모르는 자신이 답답했고, 이렇게 스펙을 쌓는 것이 과

연 치열한 방송 세계에서 무슨 의미가 있을까 싶어 공허했다. 그런 방송 판에 내가 과연 들어갈 수나 있을까 생각하면 한없이 두려웠다.

잿빛 현실로그인 모드로, 축 처진 어깨를 애써 동여매고 무던히 걸었다. 그러면서, 작은 조각만이 남아 여기저기 부유하는 과거의 기억을 되짚어 보기 시작했다.

나는 오늘도 여전히 앞만 향해 내달리는 시간을 저버리고, 자꾸만 과거에 머물고자 애쓴다. 이제는 형체도 잘 보이지 않는 과거의 모습을 또다시 허공에 그려 본다. 곧 그 시절 런던의 분위기, 여유, 색이 그리워진다. 짙은 그리움은 추억이라는 프레임에 나의 모든 것을 덧씌워 가둔다. 결국, 오늘 역시, 과거에 얽매여 그 자리를 빙빙 도는 도돌이표를 그리고 있다.

Shot 2. 떠나보낸 인연의 시간

우리는 살아가며 손꼽을 수 없을 만큼의 실수를 한다. 그 실수가 내가 아닌 타인의 마음에 평생 씻을 수 없는 상처를 안겨 주는 경우가 절반을 차지할 것이다. 나 역시 상대 때문에 두고두고 아물지 않는 아픔들을 더러 겪었다. 반대로, 떠올리기 부끄러울 정도의 모습도 보이며 상대의 마음에 깊은 분노를 칠하기도 했다.

　내 경솔함 때문에 나를 떠난 인연들이 있다. 그리고 그들이 빚어낸 실수에 지친 내가 인연 이어가길 그만둔 경우도 더러 있다. 나의 경우는, 후자보다 전자가 더 많다.

　인연이 멎은 상황들을 되짚어 보면, 당시에 나는 상대와 관계를 그만두는 것이 백 번 천 번 맞다고 여겼다. 스트레스를 주는 인간관계는 득이 될 것이 없었다. 내게 기대만 하는 사람들과는 진실한 관계가 아니라 여겼다. 인간관계에 있어 나에게 필요하고 소중한 존재와 그렇지 않은 존재들에 대해 나만의 확실한 경계와 기준이 있다 여겼다. 즉, 내가 생각하는 나의 인간관계와 내가 행하는 '모든 것'은, 옳다고 생각했다.

　관계를 끝내는 상황이 되면 나는 늘 '피해자' 행세를 했다. 아니, 사실 상대와 다툴 때 늘 내가 피해자인 줄 알았다. 상대와 관계를 이어 오는 동안도 그랬고, 종점을 향해 갈 때 역시 내가 그를 향해 고개를 숙이고, 마음을 숙이고 있다 여겼다. 엄청난 감정 소모 후 겪은 그들과 결말이 있었고, 시간이 지난 후에야 깨달은 진실은, 나는 결코 착하고 순수하기만 한 피해자는 아니었다는 점이다.

　백수가 되고 사유가 많아지며 알게 되었다. 인연을 맺은 동안, 단단하게 동여맨 내 안의 붉은 악이 나도 모르는 사이 스멀

스멀 비집고 나왔었다는 사실을. 내가 뱉은 모든 말들이 이미 상대를 향해 휘두르는 잔인한 채찍이었다는 사실을 말이다.

강약을 모르고 날려 대던 날카로운 말들에 바스러져 갔을 모습들이 하나둘 떠오른다. 상황 파악 전혀 하지 못한 채 휘두르던 묵직한 내 경고에 대꾸 한번 제대로 못하고 아파했을 그들의 슬픈 눈이 내 마음에 날아와 박힌다. 그들의 마음에 연고라도 덧발라 주기에는 이미 많이 늦어 버렸다.

이제 와서 용서를 구한다고 해도 그들의 마음이 거부할 것이란 걸 잘 안다. 되돌릴 수 없는 시간을 되감기 해도 나는 똑같은 실수를 반복할지도 모를 일이다. 결국, 두고두고 그 장면들을 곱씹고 상처에 아파하는 것은 이제는 온전히 나의 몫이다. 그러니 평생 후회하면서 사는 게 내 인생의 '그나마'가 전하는 최선인 셈이다.

Shot 3. 시간을 보내는 시간

나는 100만 실업자 시대의 평범한 청년 백수 1인이다. 의욕도, 뚜렷한 의지도 없는 백수의 길을 걷는 스스로가 한없이 한심하고 답답하고 증오스럽기까지 할 때가 한두 번이 아니다. 이 나이씩이나 먹고도 부모님 용돈 타서 쓰면서 부모님의 그늘을 벗어나는 것을 두려워하는 자신의 모습에 절로 한숨이 나오기 일쑤다.

몇 년 전, 촌스러운 꽃무늬 모자에 짧은 반바지를 입고 최상의 멋이라고 부리던 나는, 막연한 패기에 열정이라도 있었기에 예뻤다. 지금의 나는 어느 하나, 어떤 무엇도 내세울 것이 없다. 이보다 더 못나 보일 수가 없다. 참, 못났다.

그래도, 이 갑갑하고 암흑같이 뿌연 길의 끝을 찾기 위해서는 어느 곳에라도 명함 하나 내밀어 봐야 하지 않을까? 그러다 불현듯 또 다른 사유 하나가 마음을 비집고 나온다. '지금을 즐겨라. 제발!'

미래의 어느 날, 나의 능력과 재간을 알아주는 회사가 분명 나타날 것이라고 생각하기는 한다. 그 희망마저 없으면 너무 우울하잖아. 아무튼, 그렇게 된다면, 이제 나는 한 몸 제대로 붙이고 두 발 굳건히 세워 대한민국 사회의 일원으로 소임을 행하겠지? 아, 생각하니 답답하다.

지금, 매일을 불안해하면서 눈치 보는 백수의 일상일지라도, 사실 자유롭게 살고 있다. 평범한 회사원이 되어 월요병에 몸살 치를 생각하니 차라리 아무것도 정해진 것 없는 이 시간이 나을 거라는 편안한 합리화가 밀려온다.

이렇게까지 시간적으로 여유롭고 자유로운 적이 있었나 싶을 정도로 내게 투자하는 시간이 많다. 내가 하고 싶은 것, 내

가 만나고 싶은 사람만 왕창 모아다가 주어진 시간을 오로지 '나만을 위한 플러스 시간'으로 만들어가는 중이다. 제아무리 마땅한 직업도 수입원도 없이 베짱이처럼 하루하루를 보내더라도 이 시간들을 스스로의 채움을 위해 살뜰히 키워 왔기에 조금은 바쁘고 알차다.

그러니, 지금은 "바닥에 떨어진 네 자존감부터 주워 담으라"고 역설하는 마음의 소리에 귀를 기울여도 좋을 듯하다.

백수로 지내는 지금, 당당히 내밀 명함 하나가 없는 현실이지만, 어차피 이 시간을 조금 더 보내야 한다면, 어깨 한번 제대로 펴고 마음의 평수를 넓혀 지내는 것도 나쁘지 않을 것 같다. 그래야 조금이라도 덜 후회하고 미련의 크기가 덜하지 않겠나 싶어서 말이다.

Closing: 미련

지나간 한 점만 되돌아보는 것이 있다. '미련'이다. 뒤편만을 향해 내지르는 감정의 걸음은 오늘의 내게 한숨 가득한 후회만을 남겨두고 제 갈 방향도 바꾸었다. 순간을 쌓아가는 내게 더없이 진한 여운만을 잠시 내어주고는 이내 걷잡을 수 없이 멀어진다. 그것은 바로 내 지난 시간들이었다.

조금만 돌리면 보이던 그 곳,
당신이 자리하던 이 곁은
이제 잔잔한 여운만 품고 있습니다.

고개 숙여 내리던 자리,
당신이 고요히 내려앉던 이 곁에
망설이던 마음을 조심스레 얹어 봅니다.

살며시 쓸어 담은 당신의 온기에
용기 한 줌 움켜쥐고,
소산히 내 마음 올려 전해 봅니다.

그립습니다. 오늘도 그대.

Scene #4

▼

▼

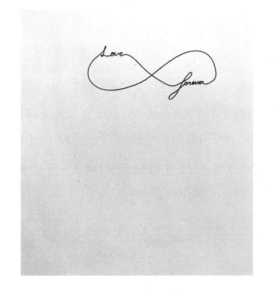

알맞은
것

그냥 답답해서 적는 글 :

복잡하게 얽혀 있던 마음의 줄들이

스멀스멀 기어 나와 심장을 꽁꽁 동여맨다.

나의 겉면이 숨 막히는 잿빛으로 짙게 좀 먹어 갈 때,

어떡하면 좋지 하는 걱정으로 동동대기보다

뭉뚱그리고 있던 마음을 활짝 터뜨려 버리는 게 좋겠지.

숨통을 퍽 열어 보이는 게 낫겠지.

그래, 그게 낫겠다.

너는 마땅히 이 길을 가게 되어 있다고 이미 정해진 운명이라는 것은 없다. 이렇게 살아야 한다는 '정답 인생'이라는 것도 없다. 그저 내가 맞닥뜨린 순간에, 내가 이끌리는 대로 살면서, 내가 행복하면 그것이야말로 나를 위해 잘 살고 있는 마땅한 삶이 아닐까 한다. 그리고 나도 그렇게 살고 싶다. 그런데 요즘 자꾸만 내 행복 기준선을 침범하는 침입자들이 늘어나고 있다.

잘 사는 삶, 성공한 인생의 기준을 누가 정해 놓은 것은 아니다. 이 길이 아니면 인생의 낭떠러지라는 경고 표지판이 있는 것도 아니다. 하지만, 자신의 기준, 편협한 신념에 휩싸여, 그 잣대로 사람의 옳고 그름을 판단하는 이들이 우리 주변에 더러 있다. 이 상황이 나, 우리, 그리고 그 스스로를 좀 먹고 있음을 모두가 알았으면 한다.

답답하고, 속상하고, 암담한 상황이 복합적으로 뒤엉킨다. 이 감정의 온도를 조금 낮추고자 다시 자판을 두드린다. 부디, 조금은 내 몸과 정신이 평안한 밤이 되었으면 싶어서.

Shot 1. 당연한 나약함

어릴 때부터 약하다는 소리를 지겹도록 들었다. 어릴 때부터 노력에 비해 성과가 좋지 못했다. 덕분에 스스로에 대한 자신감 결여는 내게 익숙한 자의식 상태였다.

주변의 환경이, 상황이 자꾸만 내게 유약한 인간이라는 프레임을 씌웠기에 나에게 확신을 가지기가 어려웠다. 늘 어딘가에 의존하는 것이 익숙했다. 혼자 뭔가를 하는 것보다 다른 이에게 기대는 일이 대부분이 되다 보니 스스로 감당할 수 있는 일의 범위는 갈수록 좁아졌다. 그렇게 그들이 만든 틀에 스스로를 가둔 나는 한없이 작아져만 갔다.

혹자는 내게 말했다. 너무 약하게 커서 할 수 있는 게 아무것도 없다고. 또 다른 이는, 부딪히는 게 두려워 돌아갈 거라면 그냥 어른들이 만들고 다져 놓은 길로 가라고, 그것이 진정 나에게도, 모두에게도 행복하고, 편안한 인생이 될 것이라고 하였다. 거친 세상을 이미 겪은 어른들의 인생철학이며, 나에 대한 사랑과 관심에서 우러나온 안타까움과 걱정의 위로였다. 나도 잘 안다.

혹할 만큼 편안함을 품은 그들의 달콤한 유혹은 결국 의구심을 일으켰다. 내 나름 꾸준히 만들었다고 생각해 온 방송이라는 길 자체에 의문을 잔뜩 품게 했던 것이다. 지금까지 내가 들인 시간은 어떻게 되는 것인가? 어디서 보상받나? 나는 이상에 부풀어 청춘을 헛되이 보냈단 말인가? 이런 질문들이 불쑥불쑥 튀어나와 나를 괴롭혔다.

Shot 2. 평생 모자란

나를 안쓰러워하고, 내 상황을 함께 걱정해 주는 이들이 많다. 나는 그들의 눈에 이제 막 걸음마를 뗀 아기, 혹은 세상 물정 모르는 해맑은 영혼으로 여겨지고 있을 터.

그들과 나는 평생을 서로 몇 걸음은 떨어져 걸어갈 것이기에 그들의 눈에, 마음에 나는 평생을 부지런히 걸어도 성에 차지 못할 것이며 위태로워 보일 것은 자명하다. 그러나 분명히 말하고 싶은 것은, 조용한 목소리로 하는 응원도, 위로도 필요 없다는 점이다. 그저 지금 내 현재도 축복받을 수 있다고 인정해 주는 것. 그것만이 내가 어른들에게 원하는 바다.

허나, 가장 중요한 문제는 이것이다. 그들의 소중한 딸, 조카가 만든 길에 대한 신뢰는 이미 사라져 버렸다는 사실이다. 나 스스로가 고집스럽고 무모하게 덤벼든 방송 바닥이었고, 나 스스로가 저버린 길이었다. 정상을 향해 가던 길목에서 지쳐 버렸다고, 깊은 상처가 생겼다고 핑계를 만들어 가며 모든 것을 정리한 것은 다른 누구도 아닌, 본인이었다.

어른들의 말과 반대 방향으로 가던 길을 스스로 접은 한심한 의지박약자인 내가 내 목소리를 낸다는 것은 상상조차 할 수 없는 지금이 되어 버렸다. 다시 내 갈 길 꾸준히 만들어 가겠다고 말할 수가 없다. 답답하고 서글프다.

Closing: 필연을 거부한 핑계

'약함'에 대한 두려움을 처음 깨뜨린 때는 내가 당연히 '홀로' 부딪쳐야 했던 순간이었다. 혼자 버티고 서서 막상 실제로 부딪쳐 보자 풍파는 생각보다 세지 않았다. 그제야 나는 내가 어리석게도 스스로에게 올가미를 씌우고 있었다는 걸 깨달았다. 결국 환경이, 상황이, 어떤 타인이 나를 이렇게 만든 것이 아니라, 내가 나 스스로를, 하지혜라는 사람을 자꾸만 작게 보고, 약한 존재라는 틀에 가두고 있었던 것이었다.

그러나 오늘만큼은 어쩔 수 없음을 잠시 접어 두고 이기적인 마음을 피워 올려 본다. 내 시대를 작금의 파국에 치닫게 한 핑곗거리를 나 아닌 다른 곳에서 찾아 조금은 편안한 밤을 보내고 싶어, 백수의 이기적인 날을 세워 보는 것이다.

오늘만큼은 나를 걱정스러운 시선으로 바라보는 이들이 밉다. 오늘만큼은 나를 향해 연민의 시선을 전하는 이들이 밉다. 나를 왜 이렇게 약하게, 절박함도 없게 키웠느냐 말이다.

청춘의 도수 :

냉탕과 열탕,

중간의 온도를 모르고 달리며,

그 열섬에 꾸역꾸역 비집고 들어간

그대의 오늘은 어떠한가.

맹탕과 진탕,

중간의 농도를 모르고 달리며,

그 자극의 농도에 뿌득뿌득 맛들인

그대의 마음은 어떠한가.

어떠한가, 그대들.

그대의 도수는 그래,

오늘도 안녕한가.

Scene #5

▼

▼

얼마나
크게 되려고

기대 :

닿기 무섭게 다듬는다.

떨어지기 앞서 내 시선에 놓여 있다.

당연했고 익숙했기에,

여전히 붙잡아 두고 떠나보내지 못한다.

결국 오늘도

기약 없는 기다림의 지점에서

목을 길게 빼고 서 있다.

한심해 보이지 않고자, 한숨 짓게 하지 않고자 하였다. 하지만, 결국 그것이 그들에게 한심함의 눈총을 받게 했고, 되돌리기에는 이미 너무 많은 것을 알아 버린 후였다.

Shot 1. 그렇게 배웠다

'어렵지 않은 길을 가라', '네가 하고 싶은 일을 좇아 해라'.

적고 보니 서로 등을 돌리고 있는 말로 보이는데, 가장 가까운 이들에게 줄곧 들어온 말이다.

지난해, 모든 치열함을 내려놓고 선택한 길은 '다시 시작'이었다. 그 버튼을 누름과 동시에 고향집으로 내려왔다. '어렵지 않은 길'을 가기 위한 선택이었다.

모든 것을 리셋 하겠다는 일념으로 '자소서'를 다시 쓰기 시작했다. 방송 판에 발을 붙인 뒤로 다시는 이 지겨운 자기소개서를 쓸 일 없을 줄 알았다. 그런데, 그걸 또 쓰고 있자니 그닥 끌리지도, 가고 싶지도 않은 기업들이 묻는 질문에 가식적인 문체로 그들에게 충성하는 척 해야 하는 현실에 짜증부터 솟구쳤다. 주변인들에게도 하물며 스스로에게도 한 몸 다 바치지 못하여 이러고 있는데, 왜 내가 남 잘되라고 헌신하는 척해야 하는 것인가?

울컥울컥 치미는 억울함의 소용돌이에서 문득, 또 다른 마음 하나가 튀어나와 나를 설득한다. 지금 이렇게 따뜻한 카페 한 구석에 앉아 타자를 치고 있는 게 맹렬한 추위가 다가오고 있는 이 초겨울, 하루 종일 바깥에서 지내며 발에 감각이 없어질 정도로 촬영하던 때보단 낫지 않냐고. 그래. 인정. 다시 집중 요망.

아, 그런데 난제가 있다. 자소서 쓸 때마다 드는 생각인데, 내가 어떤 사람인지 정말 모르겠다는 점이다. 하루에도 수십 번씩 변화하는 게 내 감정인데 본인이 어떤 성격인지 어떻게 문장 하나로 단정 지을 수 있을 것이며, 뭣 하나 제대로 하고 있는 것도 없는데 내가 뭘 잘하는지 500자 내외의 글로 어떻게 설명하란 말인가. 아니, 이런 답변들로 그 대단한 회사들은 어떻게 나를 판단한다는 말인지…. 내가 평생 지녀 온 내 육신과 영혼을 나도 잘 모르는데 말이다.

쓰기 싫어 이런저런 넋두리를 하다 보니 어느 정도 글이 완성되었다. 아, 눈 뜨고 못 봐 주겠다. 거짓말 않고, 어릴 때 썼던 팬픽보다 오글거렸다. 와우! 자소서에 드러난 청년 하지혜는 현실의 나와 달리 당당했고, 자신감이 넘쳤고, 추진력도 높았으며, 끈기도 강한 사람이었다.

글을 보고 그 사람의 면면을 제대로 아는 것은 어렵다. 한껏 가식의 탈을 뒤집어쓴 그 자소서들이 여러 회사의 서류 전형에

통과, 나를 면접까지 이끌었으니 말이다. 통과된 서류가 어떤 거짓과 허풍을 품은지도 모른 채.

정규직 고용을 위한 채용 단계란, 하나씩 밟아 갈 때마다 엄청난 희망고문이다. 이 불안한 백수 생활을 벗어날 수 있지 않을까 하는 두근거리는 나댐 말이다.

틀에 박힌 사무직 일 싫다고 해도, 평일 내리 출근하여 상사 스트레스에 시달린다 해도, 취직한 내 모습을 생각하니 비실비실 웃음부터 새어 나왔다. 첫 월급을 받으면 우리 엄마아빠, 이모, 이모부, 고모, 할머니들 용돈으로 탕진하는 재미가 있을 것이었다. 눈에 넣어도 아프지 않을 조카의 선물을 왕창 사 보는 재미도 있을 것이었다. 그리고 매달 얼마는 적금 넣고 얼마는 따로 저금해서 연말에 연차휴가 다 써서 런던에 다시 가야지! 아, 그리고 내가 마트 갈 때마다 "담에 돈 벌면 사야지, 이 담에 돈 모으면 사야지." 했던 실바니안 토끼인형집 세트를 꼭 사야지! 각종 아름다운 망상으로 매일 밤을 보냈다.

나댄다고 잘되는 경우는 인생에 극히 드물다.

그 모든 망상은 최종 탈락이라는 고배를 마시자마자 산산조각 나 버렸다. 그리고 하루아침에 패배자로 변모한 내게서 긍정은 모조리 떠나가 버렸다.

본모습을 감추고 있던 어둠이 본격적으로 나를 잠식하기 시작했다. 그 검은 어둠은 내게서 번지고 흘러 내 가장 가까운 이들의 어깨 위에도 내려앉았다. 나는 답답했고, 우울했고, 기어코 방황의 자락에 이르렀다.

사춘기에도 방황이라는 것을 몰랐던 내가 이제서야 늦깎이 질풍노도기에 든 것일까? 잔뜩 기대를 걸었던 입사의 문턱에서 패배자가 되니, 눈에 뵈는 게 없었다. 나를 둘러싼 모든 세상에 대한 의구심과 분노가 치밀어 오르기 시작했을 뿐이었다. 결국 한없이 고마운 그들에게 제대로 엇나가고자 마음먹는다.

하루의 안부를 묻는 엄마아빠의 말도 짜증스러운 대꾸로 되받아쳤다. 보란 듯이 하루를 나태하게 보냈다. 그러다 또 다른 저항에 임하기로 마음먹는다. 그들이 위로차 해 왔던 말을 적극적으로 행동에 옮겼다. 본격적으로 '내가 정말 하고 싶은 일'을 하기 시작한 것이다.

내가 하고 싶은 일이란 것이 그들의 눈에 만족을 불러일으킬 수 없는 일인 탓에, 이전까지는 차마 용기가 나지 않았고, 눈치가 보여 직접 행동으로 옮길 수 없었다. 하지만, 내 인생 마지막 노선에서 강력한 반발심이 생긴 거 뭐 어쩌겠나. 모 아니면 도였다. 그래서 그냥 이걸 계기 삼아 내 발자국 깊게 눌러서 밟아나가기 시작했다. 글쓰기를 본격적으로 시작한 것이다.

'하고 싶은 일을 좇아서 하라' 그렇게 배웠는데, 나는 어떻게 이렇게 반항도 소심하게 하고 있는 것일까. 어쩌면 이렇게 모든 것을 그대로 내비쳐 보여줄 수 없는 것일까. 하아, 이 제 나는 어쩌면 좋을까.

Shot 2. 좁고 작다

사랑 많고 따뜻한 집에서 자랐다. 하지만, 타고나길 천성이 소심했고, 자라 가길 당당하지 못했고, 걸어가길 어려운 길만 찾아 헤맸다. 그러다 보니 나는 앞서 치고 나가는 내 주변의 사람들에 비해 늘 뒤처졌다. 그러다 보니 느렸다. 모든 면에서.

자연스럽게 '대기만성'이라는 사자성어가 좋아졌다. 별 이유는 없다. 그저 대기만성이라는 이 짧은 고어에 녹아 있는 의미가 좋다. '희망'. 지금까지 줄곧, 그 말 하나만 믿고 기약 없는 미래를 기대하고 있다.

채 피어 보지도 못한 또 하나의 작은 불꽃이 조금 전 사그러 들고 말았다. 이 글을 쓰기 바로 조금 전, 이번에도 '불합격' 통지를 받은 것이다. 이것도 계속 받으면 무뎌진다던데, 나의 마음은 예외인가 보다. 여전히 쓰라리고, 두렵다.

지금까지 여러 번 탈락 통보를 받았지만 여전히 많은 탈락들에 익숙지 못하다. 결국 오늘도 탈락 하나에 밀려온 높은 좌절감의 파고가 '곧 백수 탈출'이라는 희망을 안고 있던 내 혈류 구석구석의 온기를 한순간에 꺼트려 버렸다.

'또다시 일어서면 된다'는 책임감 없는 말들은 기억에서 '순삭'하고 싶다. 끝이 보이지 않는 백수 입장이 되지 않고서야 그 마음을 이해하지 못하기 때문이다. 상대에 대한 공감능력 결여라고 해야 할까. 언제 끝날지 모를 이 길고 긴 터널을 빠져나가기에는 나의 영혼은 한없이 여리고 내 마음은 한없이 좁고 작다. 오늘도 백수의 사유는 심한 변덕으로 요동친다.

Closing: 작은 빛, 기대하다

부끄럽게 보이지 않으려고, 노력했다. 짐이 되지 않으려고, 부지런히 움직였다. 결국 나의 시간들은 보이지 않는 높고 어둔 장벽에 가려져 있었고, 걷어내기에는 이미 너무 많이 돌아와 버렸다.

하지만, 오늘도 어둔 길을 무던히 걷고자 한다.

내 손에 든 작은 불빛의 싹을 가슴 가까이 끌어안고서. 이상, 오늘도 탈락의 고배를 마신 백수의 변덕. 끝.

절벽에서 보는 희망 :

변두리,

테두리,

끝자리.

절벽에서 간신히 손가락 하나 걸고 버티었더니,

선선히 웃어 주더라는 당신의 말에

나도 한 번,

내 오늘을 걸고 버티어 보렵니다.

바람이 만든 결말 :

짧은 파장을 품은 바람이
순간의 끝자락에 처절히 매달린 그 하나에
짧은 찰나를 던져준다.

일순간 벌어진 갑작스러운 결말에
처절한 그 하나는
이 시절 최고의 빛이 되었다.

이미 떠나 버린 짧은 파장이
남기고 간 바스락거리는 여운에
홀로 남은 그 하나는
또 다른 최선을 위한 준비로 분주해진다.

Sequence

2

인정

teaser

"타인에게 감정과 관심을 쏟느라
정작 정말 소중한 자신은 내팽겨쳐 두지 않았는지…"

내 인생을 살아가는 나만의 방식이 있다 생각했다. 하지만 나는 실천하기보단 그저 '속으로만' 긁어 대고 있었다. 밖으로 꺼내기엔 차마 용기가 없었던 탓이다.

하지혜의 인생은 하지혜의 것이다. 그러니 앞으로 해나갈 일의 선택도 내가 해야 하는 것이 옳았다. 하지만, 용기 부족에, 평범하고 안정적으로 성장한 내가 특별하게 할 수 있는 것은 없었다.

어려운 난관을 굳이 넘어가야 하나 싶은 마음이 크다. 당장 앞에 놓인 야트막한 허들을 넘는 것도 굉장히 힘들다. 내 상황을 스스로 잘 알면서 역설적이게도 이런 스스로의 모습을 인정하기까지는 여전히 시간이 필요해 보인다. 보잘것없고 하찮아 보이는 지금, 내가 그저 묵묵히 버티고 서 있는 건 내게 믿음을 심어 주고 뿌리 깊게 내려 든든한 버팀목이 되어 준 존재들 덕이다.

시간은 나도 모르는 사이
나의 기억을 바꿔 놓는다

매년 우리는 네 개의 서로 다른 계절을 맞이한다. 지난해 익히 겪어 온 계절의 색, 분위기며, 기분이다. 익숙하게 경험한 시간임에도, 우리는 계절이 반복해 다가올 때마다 어김없이 '설렘'에 휩싸인다. 아무래도 과거의 기억이 가지는 특별한 능력, 바로 '미화' 때문이 아닐까.

그때는 헤어나오고자 발버둥 치던 시간이었을지라도, 한 발 떨어진 지금은 즐거움과 행복감으로 조화되어 흥미롭게 다가온다. 그 또한 '미화'라는 마법 덕분이다.

그 간결하고도 확실한 도움들은 지금 내게 옅게나마 남은 긍정의 신호로 희미한 불빛을 연신 깜빡이고 있다.

나의 가면 :

감성적인 척,

모노톤인 척,

어른스러운 척,

공감하는 척,

착해 보이는 척,

고개 숙이고 마음 옹송그려 보아도

현실 위의 나침반에 던져진 나는

퍽퍽한 초침 위를 끔뻑거리며

그저 아슬하다 견디어가는 존재일 뿐.

Scene #1

▼

▼

홀로
걷는 법

아무것 아닌 자리였다 :

요란스럽던 밤이 머물다 간 자리,
그 빈 허공으로 새로운 점들이
하나, 둘 각자의 자리를 차지하기 시작한다.

하나, 새로움이 채워지자
끊김이 없을 것처럼 들끓던 마음은
잔잔하게 숨을 죽여 간다.

둘, 새로움이 자리 잡으니
갈피를 못 잡고 버둥대던 마음이
그윽하게 시간의 걸음을 더듬는다.

하나의 점에 둘, 셋의 의미를 얹다 보니

나를 훑고 간 시린 흔적이 아무것 아니게 되었다.

Opening: 문득 다가오다

혼자는 어색했다. 떨리고 무서웠다. 늘 옆에 끼고 있어야 했다. 내 팔짱을 낀 친구든, 내 손을 잡은 남자든. 나를 지탱해 줄 수 있는 버팀목이 곁에 있어야만 편해질 수 있었다.

Shot 1. 변곡점

처음은 누구나 어렵다.

내가 처음 혼자가 되었던 때는 대학에 첫발을 들였던 때였다. 그 전까지는 모든 것이 함께였다. 그래서 처음 맞이한 혼자는 서글펐다.

차진 사투리를 쓰던 주변 친구들은 하루아침에 모두 서울말만 쓰는 동기들로 바뀌었고 아직 촌티, 학생 티 벗지 못한 내게 술을 권하던 선배들과 교수님들의 모습은 솔직히 무서웠다. 구수한 사투리 아닌 깍쟁이들의 표준어 틈바구니에 머물고 있자니 스스로가 이방인처럼 느껴졌다. 더군다나, 누구 하나 진실되게 나를 챙겨 주는 이 없는 것 같아 한없이 외로웠다. 하루에도 수십 번씩 고향집의 기억이 더 유난해졌다. 나만 보면 환히 웃어 주던 우리 가족들이 보고 싶고 서로 장난스레 헐뜯으며 친해진 고향 친구들도 그리웠다.

눈물겹도록 시리게 느껴지던 그해 봄이 지나고 무성한 녹음

이 캠퍼스 곳곳에 드리워지기 시작했다. 계절이 한 겹 쌓이고 보니 12학번 동기들과도 신뢰가 쌓였다. 같은 학문을 공부한다는 동지애일 수도, 함께하는 술자리에서 나눈 애틋한 정일 수도 있었다. 마냥 어렵고 무섭게만 보이던 선배들 역시, 그저 아직 청춘의 초반을 걷고 있는 나와 같은 사람이었다. 내게 건넨 술은 아무것도 모르는 후배에 대한 걱정과 관심 한 방울이었고, 그 관심 덕에 고향을 떠나온 시골 뜨내기의 어려움이 조금씩 사라지고 있었다. 그렇게 나는 익숙했던 공간과 사람들을 떠나 새로운 영역을 만들어 갔고 이 영역에서 홀로 머무르는 공간에, 시간에 익숙해지기 시작했다. 나만의 방향을 잡기 시작해야 했던 참에, 머나먼 런던에서 완전히 혼자가 되어 보는 길 위에 서게 된다.

런던에서의 시간이 두 번 다시 오지 않을 순간이란 것을 그때는 느끼지 못했다. 그저 이곳의 와이파이는 왜 이렇게 느린 것인지, 이곳의 문화는 이다지도 이해 불가능일까 하며 내게 일어나는 상황들에 대해 사사건건 트집 잡기에 바빴다.

그곳에서 조금이라도 적응하고자 이전의 하지혜와는 전혀 어울리지 않는 색을 입혀 나가기 시작했다. 다양한 국가의 친구들을 사귀고 그들과 어떻게든 함께하고자 했다. 그러다 보니 그들의 문화에, 런던이라는 환경에 조금씩은 익숙해져 갔다. 그러다 다시 공허해지는 순간이 문득문득 찾아왔다. 그럴 때면 내게 또 다른 변화를 주어 혼자만의 시간을 가져 보았다. 이내 자연스럽게 웃을 수 있게 되었다.

20대 초반이라는 꽃 같은 시간이 스쳐갈 때 느끼지 못했던 그 순간에 대한 소중함은, 나도 모르는 사이 옷자락 사이에 끼어 따라온 꽃잎을 발견했을 때 가지는 여운과도 같았다. 런던 생활 역시, 못다 핀 꽃의 여운이 아닐까 싶다.

Shot 2. 영역 표시

'내 공간', '내 시간', '내 하루'라는 단어가 좋다. 아무리 피를 나누고 사랑을 속삭인 측근이라 해도 침범할 수 없는 나만의

것. 두 손에 붙들어매 꼭 쥐고서 아무에게도 내주지 않겠다며 버티고 있는 것들이 바로 저 세 가지다.

런던에서 쌓인 감정은 새로운 내 모습을 만들었다. 무리 속을 혼자서 걷고 있는 내가 있었고, 시간과 감정에 얽매이지 않고 오직 나만을 위해 투자하는 부지런함이 있었다. 런던생활 이전에는 결코 볼 수 없던 모습이었지만, 내가 만들어 낸 장면이 그리 어렵거나 어색하지 않았다. 오히려 자유로워 좋았다. 홀가분해서 가벼웠다. 나를 바라보는 시선의 경중조차 느낄 수 없을 정도였다. 나만의 영역을 제대로 만들어 가는 느낌만이 남아 있었다.

Shot 3. 나락의 순간에도

첫 직장에서, 가려던 길의 끝은 보이지 않았고, 그대로 멈춰서고 말았다. 그때의 나는 사람들에게 치유받기보다 혼자 스스

로 딛고 일어나고 싶었다. 자취방에서 나오길 거부하고 아무도 나를 터치하지 못하도록 스스로의 감옥에 갇혀 지냈다. 스스로를 가둔 시간에서 나오길 바라는 손짓도 외면하고 무작정 혼자 길거리 풍경 속을 배회했다. 어떤 이에게도 곁을 내주지 않고 밀어내길 반복하며 혼자 생각하는 시간을 갖는 동안, 나의 곳곳에 드러났던 상처는 그렇게 조금씩, 더디게 아물어 가고 있었다.

그 시간, 자유로워서 방탕할 수 있었고 방탕했기에 외로웠다. 그 시기를 거쳐 온 덕에 이제 조금이나마 제대로 된 '나다움'을 알아가게 되었다.

혼자만의 거리를 걷는 중에는 목표도, 방향성도, 그림도 필요치 않았다.

Closing: 내 그림자와 친해지기

혹시 나와 나이가 엇비슷한 독자라면, 지금 당신이 보내고 있는 계절은 그 어느 때보다 뜨겁거나, 혹은 겨울의 스산한 거리를 거니는 때보다 차디찬 시절일 수 있다. 너무 앞서 나간 나머지 어디가 어떻게 문드러지는지 모를 당신일 수도, 혹은 아무도 살펴 주지 않아 쓸쓸히 녹아내리는 당신일지도.

세상 물정 모르고 징징댈 줄만 아는 본인이지만, 그대들과 비슷한 감정을 갖고 유사한 시기를 뚫고 나가고 있기에 확언할 수 있는 한 가지 사실이 있다. 지금 우리가 보내고 있는 '청춘', 이 계절은 누구에게나 딱 한 번 주어지는 선물 같은 시기라는 점이다. 어디서 한 번쯤 본 듯한 말이라 식상할지 모르지만, 우리는 이 당연하고 흔한 말의 소중함을 모르고 흘려보내고 있다.

그러니, 가던 길 잠시 쉬어도 좋으니 꼭 한번 되돌아봤으면 한다. 지금 내가 스스로에게 애정을 갖고 있는지, 타인에게 감정과 관심을 다 쏟느라 정작 정말 소중한 자신은 내팽개쳐 두고 있지는 않은지….

당신의 청춘을 되돌아보며, 뒤를 따라오는 친구, 당신의 그림자와 걷는 시간을 가졌으면 좋겠다.

그저 되었다 :

긴 시간을 들여도 좋다.

내게 많은 마음을 들이지 않아도 좋다.

—

지금 이만큼만,

지금 이 거리에서

볼 수 있는 너의 미소가 좋다.

이렇게 웃어 보이기만 하면 되었다.

이렇게 편해 보이면 그만이다.

그저 이 정도로 되었다.

Scene #2

▼

▼

인생
메이트

여행의 온점 :

남기고 가는 것은

묵직한 용기가 필요한 일이다.

어쩔 수 없이 떠나보내는 것은

꽤나 쓸모 있는 단단함이 필요한 일이다.

이번 마무리도

결코 헛되지 않았다.

Opening: 첫 만남

분명하지 않던 미래를 위해 내달리다 잠시 숨을 고르기 위해 고개를 돌리면, 머리칼 끝으로 한 방울, 두 방울 떨어져 내리는 땀에 시선이 닿았다. 그렇게 스스로가 안쓰러워질 때마다 꺼내든 카드는 '일상 탈출'이었다.

Shot 1. 길, 변화

'우유부단함'과 친하다. 이 성향은 인생에 결코 도움이 되지 못한다. 여러 갈래의 길 중에서 선택을 해야 할 때나 중요한 결정을 해야 할 때 이리 휩쓸리고 저리 휘청대는 유약하기만 한 모습을 너무 쉬이 보여주기 때문이다.

바람 부는 들판에 선 허수아비처럼 비틀대다 보니, 인생에 대한 물음표를 이름표마냥 지니고 산다. 돈이 좋긴 하지만 소확행도 좋고, 휘게(편안하고 아늑한 상태를 추구하는 덴마크의 라이프 스타일)도 좋다. 무엇에 우선순위를 두고 선택을 해야 할지 모르겠다. 내가 진짜 잘하는 일이 뭔지도 모르겠다. 그냥 매일이 의문이고 물음표다. '내 인생 어쩌지?' 하는 두려움에 꽉 막혀 있는 것 같다.

하지만, 예외가 딱 하나 존재한다. 물음표보다는 느낌표, 우유부단함 아닌 속전속결. 바로, 늘 내 곁에 머무는 '여행'이다.

　머뭇거리기에 익숙하고 앞으로 나아가기를 두려워하는 것이 적성에 맞지만, 여행에서만큼은 강한 결단력과 추진력을 드러냈다. 그리고 그 덕에 '새로움'에 호감이 생겼고, 변화가 불편하거나 거북하지 않게 되었다.

　Shot 2. 동행, 여유

　'다름'에서 생기는 차이의 간극을 좁히기까지 노고가 필요하다. 어쩌면 '다름'이라는 주제로 한 사람의 생애라는 시놉시스의 기승전결을 그려 나가도, 그 엔딩은 결코 간단하지 않을지도 모르겠다.

　나와 그는 하나부터 열까지 '모두가 다름'의 성향을 띤다. 나는 오른손잡이인데 그는 왼손잡이다. 소비 충동 충만한 나에 비해 그는 강철같이 냉정한 소비자다. 나는 걷는 걸 좋아하는데 그는 운동이라면 질색팔색이다. 그렇게 각자를 구성한 모든

성향이 서로를 밀어내는데도, 내 지난 여행 90%의 짝이 된 그는 내 하나뿐인 여동생이다.

등을 돌리고 있던 서로의 성향이 동석한 것은 여행지로 향하는 기차 안까지였다. 여행지에서는 한 발 걸으며 서로 빈정대고, 한 발 떼면 서로에게 날 선 말을 날렸다. 각자의 감정 뚜껑이 끓는점을 펄펄 넘어 솟구쳐 열리고 닫히기를 반복하기 일쑤였다.

함께하는 여행을 끝마칠 때면 '다시는 같이 여행 가지 않겠다'라는 마음을 내비쳤다. 다신 얼굴도 보지 않을 것처럼 완강했던 마음이 현실로 돌아오면 조금씩 사그라 든다. 다시 눈앞의 현실이 팍팍하다 생각 들면 또 다른 여행지를 물색한다. 그 때, 내 마음 속 당연한 동행자는 세상에 단 하나 존재하는 '내 소중한' 여자형제뿐이었다. 서로의 마음을 할퀴지 못해 안달인 것처럼 보이지만, 사실 세상에서 가장 든든한 존재는 나와 같은 성을 하고 비슷하게 생긴, 같은 집에 적을 두고 사는 그, 여자사람형제였다.

여행을 하며 상대에 대해 '그리움, 싸움, 후회, 결심'이라는 어리석은 감정 전개를 되풀이해 겪기도 했지만, 여행을 통해 자연스럽게 서로에 대한 '인정과 이해'라는 여유가 우리 안에 더해졌다. 함께 여행하기를 거듭하며 우리는 서로가 몰랐던 각자의 새로운 모습을 알게 되었다. 이제야 서로의 스타일에 '이해'라는 범주를 들이밀 수 있게 되었다.

Shot 3. 탈출 후에 마주친 나

새로운 환경에 적응하는 것이 무서웠던 시기가 있었다. 안정적으로 살아갈 생각만 했었다. 주관을 내세우기보다 사람들이 바라는 틀에 나를 끼워 맞췄다. 내 생각은 접어 둔 채 세상이 원하는 내가 되기만 고집하고 있었던 것이다.

어느 날 문득, 일상의 내가 가진 '나다움'이라는 것을 떨쳐내고 싶었다. 내가 느끼기에도 이 모습은 내가 아닌 것 같다는 느낌을 받고 싶었다. 그래서 나는 여행의 길에 섰다.

그렇게 떠난 여행지에서 홀로 걷고, 그곳의 분위기에 함빡 취하며 평소와 전혀 다른 길과 환경, 그 안에 있는 나를 마주했다. 색다른 분위기 속에서 겪은 경험으로 나는 느리게 걷는 법을 익혔다. 익숙하지 않은 공간에서 한 박자 천천히 걸으며 보내던 시간은 잠시의 나태함을 받아들일 수 있게 했으며, 또 다른 현실을 버티게 하는 확실한 동력이 되어 주었다.

Closing: 여운의 샘

입사를 준비하다 탈락의 고배를 들어야 했던 내게 주변인들

이 하던 말이 있다. "내리는 빗물에 길이 닫히면 그 빗물이 고 맙게도 또 다른 길을 만들어 준다." 빗물은 길가 한 웅덩이에만 모였다 증발하는 것이 아니라 곳곳으로 흐르고 스미어 들어 또 다른 길을 낸다는 것이다.

다양한 여행지에서 쌓인 단층면은 또 다른 여행을 위한 단단한 기초가 되었다. 한 여행을 끝내면 남아 자리하던 마음의 아쉬움과 후회는 그후의 여행에서 조금씩 더 나은 내 모습을 보게 했다.

여행이 만든 한 번의 탈출이 내 내밀한 곳곳에 변화를 주고 또 다른 여행의 기회를 만들었다. 나도 모르는 사이에 새로운 물결의 흐름이 스며들고 있었고 나만의 영역을 만들어 가는 여행에 익숙해졌다.

여행이라는 나의 인생 동반자가 있음에 감사하다. 두 번 다시 오지 않을 내 청춘의 시간에 여행과 함께 변화의 깊이를 느낄 수 있었기에 행복했다. 내 편안한 시간을 채웠던 지난 여행들은 다소 긴 여운으로 남아 영원한 마침표를 거부하고 나섰다.

오늘도 어김없이 나를 찾아온 백수의 무기력함을 떨쳐내기 위해 또 다른 여행을 계획하고 있다. 잠시 짧은 행복감을 느끼기 위하여.

그래서 나는 다시 떠난다. 홀가분하게!

백수들이여, 망설이지 말고 우리 잠시만 이 답답하고 막막한 일상에서 떠나자!

붉은 빛의 시간 :

푸른 하늘의 색이 마알간 어스름의 붉은 색으로
그 농도가 층층이 나뉘어져 가는 시간이다.

촘촘히 그려진 마알간 어스름 수직의 높이 그 사이사이로
짙게 물든 붉은 빛이 스미어 든다.

세상 여기저기, 낮은 뒤편의 그늘막에까지도
여남은 따스함을 남겨 두고서
잠시 작별의 시간을 준비한다.

닮은 계절 :

나와 참 닮아 있다.
매일을 새로움에 살고 싶어 하는
너의 모습이.

나와 참 닮아 있다.
만족이 어색해 앞만 좇고 내달리는
너의 모습이.

그 누군가의 시절엔 화려함이었겠고,
그 누군가의 시련엔 냉정한 계절이었을 네가
어쩜 그리도 나와 참 닮아 있다.

Scene #3

▼

▼

비행의
시간

너는 나를,

네가 품은 눅눅한 공기에 젖게 하고,

네가 올려 둔 분위기에 리듬을 올려 취하게 한다.

너는 나를,

네가 짙게 끌고 온 향기에 닿게 하고,

너의 몸에 자리한 깊숙한 곳으로 파고 들게 한다.

그렇게 너는 나를,

오늘도 폭 잠기게 한다.

Opening: 두렵지 않은 공간

타고나길 겁이 많게 났다. 부모님은 내가 자라며 바뀌겠거니 기대하셨단다. 안타깝게도 그 기대에 부응하지 못했다. 여전히 내 간은 콩알만 해 작은 것에도 쉬이 놀라고 내 연약한 심장은 높은 곳을 극도로 싫어한다.

남들은 놀이동산에 스트레스 푼다는 명목으로 간다는데, 나에게 놀이공원은 스트레스 발원지이자, 발암의 장소다. 보기만 해도 아찔한 높이에 올라가 무서움에 떨다가 떨어지는 것으로 대체 어떻게 스트레스가 해소된다는 것인지 도통 이해할 수 없다. 내게 놀이동산은 비싼 돈 주고 굳이 사서 고생하는 장소일 뿐이다.

초등학교 5학년, 가족들과 함께 중국 북경으로 여행을 갔다. 베이징 관광객들의 필수 코스인 만리장성은 우리 가족 여행 코스에도 있었다. 높은 곳에 위치한 만리장성에 올라가기 위해서는 케이블카 탑승이 필수였다. 나는 우리나라 남산 케이블카 같은 것을 상상했지만 베이징의 그것은 발밑으로 바람이 슝슝 들어오는 작은 4인용 케이블카로, 바람에 휩쓸려 자주 심하게 요동쳤다. 굉장히 높은 고도를 움직이고 있었는데 말이다! 엄청난 높이에서 극도의 스트레스를 받았던 나는 만리장성에 올랐을 때, 바람에 언 코피의 짠맛을 봐야 했다.

높은 곳이라면 여전히 겁을 내는 내게도 구미를 당기는 유일한 예외가 있다. 푸르고도 흰 상공을 배경으로 아무런 교통 체증 없이 유유히 비행하는 기내다. 그곳에서 바라보는 창문 너머의 고공은 내게 전혀 두려운 장면이 아니다.

Shot 1. 기내의 시간

어린 시절 경험했던 비행은 엄마아빠의 믿음직한 손을 꽉 쥐고 있으면 되었기에 그리 어려운 일이 아니었다. 하지만 인생 처음 혈혈단신 타국으로 향하던 2014년 1월 5일, 네덜란드 암스테르담행 비행기에서 내가 의지할 데라고는 헤드폰에서 나오던 적절한 음악과 내 옆 좌석에 앉은 세상 평온하고 푸근해 보이던 네덜란드인 아저씨뿐이었다. 그렇다고 다 큰 성인 여성이 처음 본 그분의 손을 덥석 잡을 수는 없는 노릇이었다. 이륙 시 붕 뜨는 묘한 긴장감은 그저, 오로지 혼자서 감당해야 할 몫이었다.

긴장했던 것과 달리, 혼자서 한 첫 비행은 단조로웠다. 생각보다 그리 오금이 저리지도 않았고, 기내도 크게 흔들리지 않았다. 그래서 이내 따분해졌다. 이맘때의 내 경험치에서 장시간 비행은 처음이었다. 비행기에서 시간을 보내는 것이 어색하고, 어떻게 시간을 보내야 하는지 지식은 단연코 1도 없었다.

비행기 이륙 전까지 내 머릿속을 채운 것은, 오직 높은 곳에서 홀로 버텨내야 한다는 긴장감과 기내식 서비스에 대한 설렘뿐이었다.

첫 경험의 고통으로 두 번 다시 같은 실수를 저지르지 않겠다고 단단히 다짐한 후, 나는 나만의 기내 시간을 새롭게 써 나간다.

일단, 탑승 시 몸을 최대한 가볍게 한다. 첫 비행이 힘들었던 이유는 기내에 짐을 많이 들고 탄 점도 한몫했을 것이라는 생각에서였다. 당시 내가 '서양인'들에 대해 가진 지식이라고는 소매치기범이 많다는 선입견뿐이었다. 콩알만 한 내 간은 혹여나 웬 놈이 내 머리 위에 올려둔 짐들을 죄다 들고 튀면 어떡하지

하는 걱정을 사서 하게 했다. 과도한 자기방어 탓에 안 그래도 오지 않는 잠이 싹 달아났다. 순박함과 순진함이 인생을 힘들게 할 때가 있다.

그 고생을 한 다음 비행부터는, 내 몸에 딱 달라붙는 힙색에 휴대폰과 이어폰, 책, 공책, 볼펜, 칫솔, 치약을 넣으면 내 짐은 완성이었다. 약간 플러스를 하자면, 디지털 카메라와 보조 배터리 정도?

간단하게 요기 좀 했다 싶으면 설렘이 조금씩 가라앉고 안정이 된다. 이제 본격적으로 비행시간을 채운다. 비행 소감을 끄적거리기 시작하는 것이다. 동행하는 이에 대해서일 수도 있고, 이번 여행을 시작한 연유일 수도 있다. 이번 여행에서 펼쳐질 아름다운 장면, 혹은 마주할 장면에 대한 설렘 혹은 낯선 장

소로 향하는 두려움이 주제일 수도 있다. 소재가 부족하다 싶으면 들고 온 책을 정독한다. 책을 읽다 가슴 깊이 다가오는 구절은 즉각 또 다른 노트에 기록하고, 그렇게 그 시간을 채우다 보면 착륙을 맞이한다.

Shot 2. 기내의 시선

인생은 멀리서 관망하면 희극, 가까이서 마주하면 비극이다. 찰리 채플린이 남긴 이 위대하고도 코끝 찡한 명언은 우리가 현실의 세상을 대하는 태도를, 혹은 기내에서 창 너머로 바라보는 세상을 적절히 표현한다.

세상에 사연 없는 사람 없고, 걱정 없는 사람 없다. 겉은 화려한 조명 앞에 티 없이 맑은 미소를 보일지라도 정작 그 마음속 어둠의 깊이를 가늠할 수 없다. 그리고 우리는 그 어둠 속에서, 차마 더 열어보기 두려운 그의 내밀한 지점과 만나게 될지도 .

이런 연유로, 우리는 부러움과 의구심을 동시에 품은 채 적정 거리를 두고 상대의 인생을 관망하고자 한다. 의구심은 일단 접고 부러움만 드러내는 것이다. 나에 대한 의구심과 불확실함도 감당하기 힘든데, 다른 이에 대한 물음표까지 떠안고서 이 팍팍하고 시린 길 걸어갈 힘을 낼 기력이 없기에. 그래서 상대의 마음에 깊숙이 들어가기보다는 한 발 떨어져 관망의 자세로 상대의 인생을 희극으로 관람하는 것이다.

여기, 또 다른 희극이 있다.

이륙하고 얼마 되지 않은 비행기 창 너머로 내려다보이는 세상은 일상 탈출이라는 안도감을 선사한다. 비행기가 고도를 높일수록 안도감은 본격적인 설렘의 진동으로 파고를 울려 온몸의 감각을 깨운다. 강력한 압력을 받은 혈류가 전신을 타고 흐르고, 요동치는 흥분의 심박수로 핏발이 굵어진다. 내 비행은 거기서부터 본격 시작이다.

숱하게 어긋난 단추들을 실밥 하나 남기지 않고 말끔히 떼어 낼 것처럼, 비행기는 고맙게도 계속 고도를 높인다. 높은 세상 속 유유히 흘러가고 있는 내 시선에서 비극의 세상은 걷힌다. 그렇게 오로지, 희극만이 내 세상이 되는 것이다.

비행의 목적지에서는 이보다 더 할 수 없는 여유를 누린다.

탈출지에서 보낸 시간은 이보다 더 빠를 수 없다. 일상에 지쳐 있을 때는 더디게만 가던 시간이 어찌하여 이곳에서는 하이패스를 달고 내달리는지.

여행지에서 보낸 시간에 아쉬움이 깊이 내려앉아 무거운 몸을 비행기에 눕힌다. 비행기에서 한 발 떨어져 바라본 세상은 여전히 고요하고 평안한 희극이다.

착륙을 준비할 때 즈음, 아래 세상을 다시 굽어본다. 이제 내가 다시 저 속에 빨려 들어간다는 암담함이 밀려들어온다. 여행지에서 정돈되었던 마음이 다시 질서를 잃고 흩어진다.

비행기가 고도를 낮출수록, 일상 회귀가 나의 이곳저곳에 강력한 파도로 들이닥치며 여행지에서 얻은 행복을 산산이 망가뜨리려 달려든다. 이제 방랑이 끝났다고, 일상의 야릇한 미소가 나를 반긴다.

곧 다시 전쟁터다. 그렇게 비극의 세상으로 다시 비집고 들어간다.

Closing: 망각

이 글을 쓰고 있는 지금, 내 머리 위의 하늘에서 비행기 한 대가 날아간다. 수십 번도 더 본 장면이지만, 마주할 때마다 지난 여행이 그립고 비행기 안의 승객들이 부럽다.

저 비행기의 승객들은 어디서 어떤 시간을 보내고 왔을까? 저 비행기의 승객들은 지금 굉장한 고요함을 품고 있겠지? 저 비행기에 탄 누군가는 나와 같은 마음일까?

분명, 나도 누군가에게 이런 부러움을 받았을 테지만, 지상에 발붙이고 있을 땐 늘 그 사실을 망각하고야 만다.

비행의 시선 :

한 발 떨어져 마주한다는 것은
조금은 느려도 좋다는 것을
받아들인다는 의미다.

한층 멀리서 내다본다는 것은
조금은 널찍이 마음을
내어 준다는 의미다.

이 공간에서 나도 한번
자유롭게 휘 쓸어 품어 본다.
여유롭게 천천히 담아 본다.

Scene #4

▼

▼

리틀
포레스트

계절, 들어오다 :

대지 위, 뜨거움이 만들어낸 열기는
훈기로 여남은 채 녹음 여기저기로 눌러 붙었다.

단 한 번, 숨임조차 보이지 않던 여름에도
퍽 꺾이는 유유함이 찾아들었다.

퍼런 환영을 만들며 나부끼던 잎새들에 스며든 공기층이
또 하나의 계절 색으로 번지려는 이 지금,
근원 모를 잠음도 고요히 무르익어 가고 있다.

계절이 만들어 낸 선을 따라 이어진 선선한 결은
어느새 높다란 공간을 잇고 엮어내었다.

높게 벌어진 일말의 틈, 그 사이로

어렴풋한 미소를 품은 노오란 계절이

저기 저편, 채 완성되지 않은 걸음걸이로 들어오고 있다.

Opening: 나는 자연인이다

정적인 것이 싫었다. 따분한 것은 딱 질색이었다. 고요함? 가당치 않은 소리였다. 그만큼 활동적인 것이 좋았고, 단 일순간도 지루한 것은 싫었다. 내 주변에는 언제나 사이렌 소리, 사람들의 잡담 소리, 가게에서 흘러나오는 시끄러운 EDM 소리가 맴돌아야 했다.

그런 내가 어느 때부터인가 자연 속에서 사는 사람들의 이야기를 다룬 다큐멘터리를 즐겨 보고, 농어촌에서 그저 밥 세 끼해 먹는 핵노잼 프로그램을 멍 때리며 보고 있다. 더 놀라운 사실은 정적인 시골의 분위기에, 산새들만 속삭이는 자연의 공기에, 나뭇잎만 가볍게 흔들고 지나는 잔잔한 바람에 동화되는 것이 좋아졌다는 점이다.

그렇게 요즘은 자연이라는 해독제에 중독되고 있다.

Shot 1. 시골 싫어

서울, 부산 같은 대도시에 비하면 진주는 한참 시골이다. 그걸 알면서도 내 '고향부심'은 어디 내다버리지 못하는 애증의 아이템이었다. 대학교 동기들, 선배들이 진주를 시골이라며 놀려댈 때마다 부득부득 진주는 '완전도시'라고, 스타벅스도 3개나 있고, 영화관도 3개나 있고, 백화점까지 있다며 다소 유치하게 목소리를 높였다.

'경남 진주'는 내가 난 고향이었 기에 포근했다. 내 사랑하는 사람 들이 모두 나고 자란 곳이었다. 무슨 일이 있든 늘 따뜻하게 나를 품어주는 곳이었다. 내게 진주는 도시 브랜딩 그대로 '살기 좋은 도 시'였다.

하지만, 대학에 입학하며 '상 경'한 후 진주를 떠올리는 마음 안 에 내가 진주에 다시 내려와 살리 라는 생각은 전혀 없었다. 대학 시절 내내 진주에 두고 온 사람 들, 시간들, 추억을 그리워는 했고, 언젠가 나이가 들면 다시 진주에서 살겠다는 막연한 생각도 하고 있었다. 그저 생각 속 에만 있었다는 것이다.

살기 좋은 도시라는 진주의 명성은 굳이 나에게 각인하지 않 아도 된다고 생각했다. 나는 서울 물도, 런던 물도 먹어 본 '도 시여자'가 다 되었으니, 나 같은 도시여자에게 진주라는 그릇 은 너무 작고 답답하게만 느껴졌던 것이다. 이 시골에서 어떻 게 다시 살아? 활동 반경이 넓고 다양함을 추구하는 내게 답답한 소도시는 더 이상 어울리는 무대가 아니라 생각했다.

역설적이게도, 나는 지금 진주에 살고 있다. 언제 다시 이곳을 탈출할지는 미지수다. 평생 여기서 살지도 모르겠다. 생각하면 답답해져 온다. 설상가상으로 엄마아빠는 조만간 진주보다 더 시골로 들어가시겠단다. 그래, 믿기지 않겠지만, 진주보다 더 시골인 곳이 있다. 바로, 사랑하는 할머니 댁이자 아빠와 고모들이 태어난, 정말 깡시골, 진주시 수곡면 사곡리다.

그 깡시골에서 우리 식구가 3년여를 터 잡고 살았던 적이 있다. 내 나이 6살, 동생이 4살 되던 해였다. 아빠의 일 때문에 우리 네 식구는 도시 생활을 접고 시골로 모든 생활 터전을 옮겼다.

어린아이여서 그랬는지 나와 동생은 시골 생활에 금세 적응했다. 산에서 들에서 뛰어놀며 흙도 먹고 개미도 먹었다. 아빠 일하는 곳에 따라갔다 벌에 쏘여 할머니가 내 머리에 된장을 덕지덕지 발라 붙였던 일은 두고두고 잊히지 않을 인생 명장면이 되었다.

시골에서의 추억을 짚어 보면, 마치 시골 소년 소녀의 순수함을 그려낸 황순원의 소설『소나기』나 (영화)『선생 김봉두』같은 영화를 떠올릴지도 모르겠다. 대단한 착각이다. 소설은 소설이고 영화는 그저 영화일 뿐이며 현실은 그저 팍팍한 현실이다.

어린 우리는 멋모르고 겪었다 해도, 당시 우리를 책임지고 가정을 붙들어야 했던 엄마아빠에게 시골 생활은 치열한 전장이었고, 절대 돌아가고 싶지 않은 시절이란다. 그래, 당신들에게는 그런 기억으로 남은 시골인데, 왜 굳이 다시 그리로 들어가려 하는 것일까? 어느 날, 엄마에게 묻자 되돌아오는 우리 박 여사의 대답.

"우리도 나이가 드니까 알겠더라. 돈이 없어서 힘든 것보다 마음에 여유가 없어서 힘든 게 더 힘든 거더라고."

청년 백수를 자처하고 있는 딸내미를 걱정한 엄마의 의도가 다분히 담긴 위로였을까? 당신의 그 한마디는 내 마음을 꽤나 강하게 쥐고 흔들었다.

Shot 2. 감정 반전

진주에 내려와 살면서 우리 집에서 자동차로 삼사십 분이면

도착하는 더 깊은 시골에 가는 일이 잦아졌다. 요즘의 내가 시골을 만끽하는 태도는 이전과는 확연한 차이가 있다.

　시골은, 와이파이도 터지지 않는, 할 것이 없어 심심한 곳이었다. 더군다나 발이 여러 개 달려 생각만 해도 소름이 끼치는 징그러운 벌레도 많아 씻어도 씻어도 찝찝하고 온몸이 가려웠다. 도시여자 하지혜에게는 절대 어울리지 않는 곳이 시골이었다. 할머니가 계시지 않았다면 답답하고 찝찝하기 그지없는 그곳에 결코 가지 않았을 것이다. 그런데, 지난날 따분하고 적막하고 냄새나던 시골은, 백수가 되어 돌아온 내게 느림의 미학을, 멀어짐의 중요성을 일깨워 준 중요한 삶의 공간으로 변모해 있었다.

　'불호'였던 시골에 호감을 가지게 된 이 현상을 설명할 수 있는 근본 원인을 한번 되짚어 보았다.

단박에 튀어나오는 연유는 '외톨이' 같은 나의 모습이었다. 그 나름 도시의 모습을 갖추고 있는 진주 집에 있을 때면, 나는 바쁜 현대인들의 틈바구니에 잘못 끼어든 돌연변이처럼 거리를 배회했다. 매일, 각자 할 일을 하며 각자의 위치에서 바쁘게 살아가는 도시인 사이에서 나는 그저 하루하루 공허하게 시간만 허비하는 고독한 백수였다. 외로움을 곱씹으며 하루 24시간을 꾸역꾸역 채우다 보니 자연히 도시의 삶이 답답해졌다.

놀라운 변화였다. 활발하게 돌아가는 도시의 하루를, 화려하게 불 켜지는 도시의 저녁을 사랑했던 하지혜에게 이런 날이 오다니. 스스로가 의심스러웠다. 하지만, 이런 내 모습이 낯설지만은 않았다.

두 번째 이유는 '차단'이었다. 앞서도 누누이 말했듯이 백수가 되고서 내 머릿속은 대개 난장판이었다. 하나의 생각을 정돈할 틈도 없이 수십 가지 불안한 사유와 감정이 밀고 들어왔다. 말끔한 모양을 잡아 보려고 해도 한사코 거부하던 내 마음은, 시골 들어간다는 아빠의 트럭에 탈라치면 거짓말처럼 맑아졌다. 언제쯤 나를 괴롭히는 이 생각들에서 벗어날 수 있을까 하며 막막했던 가슴이 시골을 향해 가는 길 위에서 평온하게 정돈 되었다.

백수가 되고서, 시골 가는 길은 내게 마치 여행을 떠나는 기분을 안겨 주었다. 이제 시골은 더 이상 세상과 단절된 답답한 공간이 아니다. 지금의 내게 시골은 일상을 어지럽히는 도시의 소용돌이를 차단하여 나를 보호해 주는 소중한 공간이다.

Closing: 자연에 감사

누군가 그랬다. 상처 입은 자들에게 다시 돌아갈 수 있는 따뜻하고 포근한 공간이 있다면 그는 복 받은 거라고. 그렇다면 하 백수 역시 복 받은 부류가 아닐까? 그렇게 생각하니 지금 시골 집 벤치로 불어오는 잔잔한 가을바람이 더없이 포근하다. 바람결 타고 나부끼는 낙엽이 부딪혀 내는 그 바슬거리는 마찰음이 참 듣기 좋다. 시골에서 지금 이 시간을 채울 수 있어 참 감사하다.

숲으로 향하는 길 :

청연 찬란한 색의 조화가
잘 어우러진 깊은 길이다.

발치에 곧게 뻗은 길을
멀거니 바라기만 했다.

멍한 눈동자에
이내 짙푸른 녹음이 한껏 번진다.

힘없이 늘어져 있던 발걸음에
눅눅한 녹음의 여운이 깃든다.

곧, 깊은 곳을 찾아가는 가벼운 발걸음이 채워진다.

Scene #5

▼

▼

고맙다,
내 곁

위로받는 시간 :

이리 튀고 저리 퉁 튕겨나갈 듯
마구잡이로 흔들어 대는 너의 뒷모습에
잔뜩 처져 있던 내 하루의 시간은
이렇게 또 위로를 받는다.

들여다보면 볼수록 더 알고 싶고,
닿으면 닿을수록 더 깊숙이 박히고 싶은 존재가
너라는 걸, 너는 알까?

너는 이렇게 내게
프레시한 즐거움이며
행복이 쌓인 인생이 되어 주었다.

Opening: 고마운 치유제

어릴 때부터 든든한 울타리와 관심 속에서 자랐고, 중요한 선택의 기로마다 늘 조언자가 곁에 있었다. 독립심이라곤 전혀 보이지 않던 나였지만, 시간이 쌓이는 동안 경험했던 다양함 덕에 혼자의 시간에 익숙해질 수 있었다. 새로운 환경과 혼자 있는 공간이 생기면서 '나만의 자리'에 대한 매력도 알게 되었고 이 덕에 홀로서기 능력치가 조금은 업그레이드되었다. 하지만, '오로지 혼자' 만렙에 도달하기까지는 아직 꽤나 멀었지 싶다. 혼자라는 적적한 상황이 메아리가 되어 돌아올 때마다 나를 괴롭히던 '외로움'은 어디 떠나는 법 없이 늘 내 곁에 있어 왔기에.

외로움이 걷잡을 수 없이 번져갈 때 내 곁을 지켜 준 나만의 치유제가 있다. 지금도 내 곁에 있는, 고마운 존재들.

Shot 1. Honeybee Honeybee 꼬여

여름 끝자락, 존재감을 자랑하던 매미 소리가 배경음악이 되어 주던 2015년 늦여름이었다. 우리 집 네 식구는 새로운 식구를 맞이한다. '하봉봉' 혹은 그냥 '봉' 혹은 '우리 애기'라고 더 많이 불리는 우리 집 막내! 올해 3살이 된 '하꿀봉'이다.

그에 대해 간략히 소개하면, 2015년 6월 21일 생으로, 중국

의 황제견 시츄다. 먹을 것 앞에서도 견내력을 뽐내며 의젓하지만, 역설적이게도 그는 항상 배가 고프다.

이 아이와 가족이라는 둘레 안에서 살 부대끼고 희로애락을 함께하며 시간을 쌓고 추억을 만들다 보니 내 감성, 감정, 생각, 태도 등 모든 것이 200퍼센트 달라지기 시작했다. 봉봉이가 내 모든 생활의 중심이 되어 버린 것이다.

내가 기쁠 때 옆에 함께 있어 주며 사랑을 느끼게 해 준 존재는 꿀봉이였다. 한 치 앞도 모르는 백수 생활이 두렵고 위축되어 남모르게 눈물 흘릴 때, 끝까지 내 곁에 남아 눈물을 핥아 주는 것 역시 우리 집 막내였다. 꿀봉이 덕에 동물에게 감정이 있다는 당연한 사실과, 인간이 동물보다 못할 때가 많다는 것도 확실히 알게 되었다.

반려견, 반려묘를 키워 보지 않은 사람들은 반려인의 마음을 잘 모른다. 동물은 말도 못 하고 인간과 전혀 다른 종족인데 공

감대가 형성될 수가 있느냐며 한심한 눈초리를 보내기도 한다. 사람과 동물이 한집에 살면서 식구로 생각하는 것을 못마땅하게 여기는 사람들도 내 주변에 많다. 그들에게 애완동물이 사람보다 더 큰 위로가 되고 버팀목이 되어 준다는 것이 얼토당토않은 이야기처럼 들릴지도 모른다. 말도 못 하는 짐승에게 인간의 프레임을 씌우는 것이 지나치다고 생각할지도 모를 일이다.

모든 것은 경험이다. 우리 가족도 봉봉이를 키우기 전까지는 반려인들의 반려동물 중심 생활 패턴을 전혀 이해하지 못했다. 우리 집 최고 깔끔쟁이 아빠는 집에서 강아지를 키운다는 것 자체를 극구 반대했다. 하지만, 봉봉이가 우리 집에 온 지 일주일도 채 되지 않았을 때, 우리 식구들은 완전히 이 아이에게 봉인 해제되어 버렸다.

냄새난다며, 지저분하다며 강아지를 꺼려했던 아빠는 이제는 봉이에게서 나는 특유의 향에 중독된 베스트 프렌드가 되었다. 둘만 통하는 수신호까지 생겼을 정도다. 나 역시 강아지 냄새나 지저분함을 좋아하지 않았지만, 우리 봉이가 흙탕물에 몸을 적시고 와 내게 안겨 새 옷이 더러워져도 이 아이를 품고 있는 것이 좋다. 심지어 그 아이 변이 묻어도 기분 나쁘지 않다. 놀라운 일이다.

오늘도 코를 골며 배를 뒤집고서 세상 모르게 자는 Honeybee는 우리 식구들에게 세상 둘도 없는 좋은 짝꿍이다. 그러니, 우리 봉봉! 앞으로 함께하는 동안 평생 건강하고, 항상 행복한 기억만 갖고 살자! 사랑해!

Shot 2. 글이 주는 위안

어릴 때부터 망상을 자주 했다.

내가 좋아하는 연예인과 연애를 한다면? 유명인과 친분을 쌓는다면? 내 머릿속을 떠다니는 생각들을 아깝게 묵혀 두기보다 시각화시켜 두고두고 보면 어떨까 하는 생각으로 이어졌고, 상상의 실타래들은 조악하고 촌스러운 문장으로 쓰여지고 다양한 이야기들로 엮여 기록되었다.

속에서 그저 맴돌던 것들을 시간이 지나도 간직할 추억으로 만들고 싶었다. 어떻게 보면 다소 변태 같은 생각들이 자연스럽게 내가 글과 친하게 해주었다.

내가 쓰고 싶은 내용을 나만의 개성을 가진 글로 쓰다 보니 전혀 힘들지 않았다. 어떤 틀에도 구애받지 않고 문장을 만들고 대화를 다듬다 보니 글 쓰는 시간이 즐거웠다. 즐겁게 쓰고 고치고, 더 좋은 장면, 더 좋은 글을 쓰기 위해 손가락을 현란하게 움직였다.

몇 달 치 용돈을 저축해 구입한 카메라, 휴대폰, 옷 같은 물건들은 사서 며칠 지나면 따분함이 고개를 내밀기 마련이었다. 그도 모자라, 손을 잡고 함께 걷는 상상만 해도 심장이 뛰던 지나간 인연들에게도 나의 마음은 큰 자비를 베풀 여력이 없었다. 알아갈수록 같은 장면이 되풀이되는 듯했고, 반복되는 감정에 쉽게 지쳤다. 함께하는 시간의 따분함을 잠시 멀리하다 보면 나도 모르게 상대를 내 테두리 안에서 지워냈다.

하지만, 글만큼은 그 모든 것과 전혀 달랐다. 거의 16년가량, 내 곁에 진득이 눌러 붙어 있는데도, 글과 함께 있는 시간은 전혀 지루하지도, 귀찮지도 않다. 역마살이 다분하고 활동적인 놀이를 해야 즐거움을 느끼는 탓에 한 30분만 가만히 있어도 온몸에 좀이 쑤시고 꼬리뼈가 아프다.

내 영혼과 육체의 반응에 있어서도 글은 예외였다. 온 무게를 꼬리뼈에 싣고 눈앞에 펼쳐지는 문장에 집중하며 글을 쓰다 보면 가슴 설레는 두근댐에 시간은 순삭 되기 일쑤다.

런던 생활도, 자취생활을 하면서도 외로움의 감정을 견딜 수 있었던 것은 모두 글 덕분이었다. 제 아무리 나를 갉아먹는 고독한 시간이라 할지라도 글과 함께 보낸다면, 세상 그 어떤 것도 어둡지 않았다. 글과 함께함은 평생 꺼지지 않을 촛불을 들고 있는 것마냥 나의 마음을 든든하게 한다.

지금, 불확실함의 꼬리표를 달고 지내는 청년 백수임에도 이 상황 속에서 버틸 수 있는 것도 글의 힘이 크다. 글에는 내 안에 난잡하게 퍼져 있는 생각들을 떨쳐 내게 하고, 부산하게 흩어진 정신을 정돈하는 힘이 있음이 분명하다.

글은 20대 잠시를 백수로 보내고 있는 지금의 내게 안정제가 되었고, 아마 앞으로도 내 곁에 평생 머물 의리 넘치는 친구가 될 것 같다.

Closing : 주제넘은 소리

이번 장을 쓴 별다른 이유는 없다. 무엇을 할지, 어떤 것을 해야 할지, 밥벌이는 하고 살 수 있을지 불안감과 두려움을 안고서 답답하고 쓰린 청춘의 시간을 걷고 있을 그 누군가가 자신만의 확실한 위안제를 찾았으면 하는 마음에서였다.

내 코가 석 자다. 그다지 잘난 것도 없는 내가 또 다른 누군가에게 이런 제안을 하는 것 자체가 주제넘은 태도라는 것을 안다. 쓰라린 고꾸라짐과 좌절, 막막한 지금을 통과하면서 그래도 나를 버틸 수 있게 하는 든든한 방어막을 내 백수 동지들에게 알리고 싶었을 뿐이다. 한없이 약하고, 소심하고, 용단 없는 나도 이렇게 단단하고 확실한 방어구 두 가지를 갖고 이겨내는데, 나보다 나은 정신력을 지녔을 대한민국의 또 다른 백수 동지들은 더 확실한 행복을 찾아 불확실함을 견디어 나갈 수 있으리라는 희망을 전하고 싶었다.

조금 더 욕심을 내 본다면, 여전히 처량한 내가 이렇게 나만의 방어막 덕에 웃고 지낼 수 있으니, 나의 백수 동지들도 한 번 그 활력제를 찾을 용기를 내었으면 싶다. 이 글을 읽게 될 어떤 청춘이 부디, 자신만의 힘이 될 보석 같은 선물을 찾기를 소망하며 글을 마무리한다.

　그럼 난, 배 뒤집고 누워 만져 달라는 눈길을 내게 보내는 우리 집 봉봉이에게 달려가야겠다. 오늘 하루 치의 위안을 받고, 다가올 내일을 살아갈 힘을 위해!

고된 너에게 :

오늘도 너는 앞서 걸었다.

내가 보는 걸 먼저 보아야 마음이 놓이고,

내가 걷는 길 먼저 밟아야 마음이 편안해진다.

네 곳곳에 스미어 있는 씀씀이가,

오늘도 내 마음 깊숙이 길게 들어온다.

오늘도 여전히 고맙다. 내 짝꿍.

다시,

teaser

"누가 뭐라 한들, 이제는"

청춘 초반에는 남보다 앞서면 앞섰지 뒤처지지 않았다. 한 길로 달리기만 했던 탓에 다른 답은 생각지 않았다. 그것이 옳은 줄 알았고, 그래야만 하는 줄 알았다. 백수가 되고 생각과 마음이 혼잡했던 이유도 애써 현실을 바로 보길 외면하고 내가 오답을 선택한 것이 아니라고 부정했던 탓이 크지 싶다.

이제는 현실과 똑바로 마주해야 할 때가 아닌가 한다. 지난 내달림이 틀린 답이었음을 인정해야 하지 않을까 하는 것이다.

그런 의미에서 지금까지 반복해 왔던 템포를 조금 느리게 조정하고 싶다. 지금껏 달려 온 하이 텐션을 낮추고 조금 낮게, 조금은 느리게 주변을 둘러보며 가려고 한다.

주변의 많은 백수 친구들과 하는 말이 있다. "우리 진짜 즐거운 거 하면서 살자". 그저 꿈이고, 이상이다. 인정한다. 세상이 내가 원하는 대로 될 것이라던 환상은, 지금까지 굴복과 좌

그저 그런 일은 그저 그렇게
편히 놓아 주자

절의 미끄럼틀을 타고 내려오며 이미 집어던져 버렸다.

급물살은 사람을 한 입에 삼켜 뼈도 못추리게 한다. 급하게 먹어 체한 뒤, 내 위장이 받는 고통은 상상도 하기 싫다. 급가속페달을 밟는 것 역시, 내 인생에서 이제 절대 금지다. 그렇다고 급브레이크도 그리 탐탁지 않다. 내가 가진 것을 한 번에 놓는 일이 더 이상 달갑지 않다. 이제 내가 가진(?) 순수함과 맑음으로 짧게 남은 끝자락을 붙들고자 한다. '편안한 즐거움'으로.

그럼 지금부터 내가 바라는 목표를 이루기 위해 다시 한 걸음씩 떼어 보려 한다. 아, 물론 그 속력은 최대한 천천히, 더디게.

그대,

푸릇한 장면을 입은 얼굴을 떠올린 적 있는가?

그대,

지저귐을 덮은 엷은 얼굴을 그려본 적 있는가?

나부끼는 잎사귀에 고요히 젖어드는 바람의 무게에도

흔들리는 미련일랑 두지 않고 떠나보낼 줄 아는

저기 저 앞에 선 나무가 되고 싶다.

여운이 머물러 곁을 맴도는 동안,

맑고 옅은 소음을 견디어 보고 싶다.

▼

▼

조금 더
머물고 싶지만

느슨한 하루의 시간을 쌓았다.

입가에 잔잔히 머물렀던 당신의 미소는
지나쳐 간 시간 속 한 장면이 되어
기억 한 켠에 묻히고

귓가에 선선히 맴돌았던 당신의 소음은
리듬이 스치고 간 여운이 되어
마음 한 곳에 그려진다.

섭섭한 봄바람이 층층이 쌓여
오늘도 이렇게 느슨한 하루를 촘촘히 메웠다.

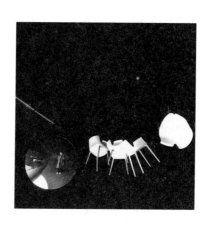

Opening : 인생 변비의 편안함

백조 배지를 달고 지낸 지 어느덧 1년이 넘었다. 직장을 내 발로 나올 때는 이 생활이 이렇게 길게 이어질 것이라곤 생각 못했다. 나 자신을 믿지 못해 다양하게 쌓아 둔 커리어가 빛을 발하리라 막연하게 생각했었기 때문이다.

대학 시절 나는 개인 블로그를 활용해 다양한 기업의 온라인 서포터즈 활동을 했다. 방송을 포기하고 차선으로 마케팅 분야로 나갈 때를 대비해서였다. 여행 좋아하는 내 성향을 직업으로 연결하면 잘할 수 있지 않을까 싶어 여행사 관련 대외 활동은 물론이고 모든 여행 후기를 블로그에 포스팅했다. 각종 자격증이며 어학시험 점수는 스스로가 생각해도 놀랄 정도다.

그 누가 알았겠는가. 이런 스펙들을 두고도 내 인생이 변비에 걸릴 것이란 사실을. 그것도 장기 곳곳으로 엄청난 독성을 내뿜는 지독한 변비 말이다. 이 커리어들을 가지고 어디로 가야 할지 모르겠고, 어떻게 가야 할지는 더더욱 모르겠다. 내 갈 길은 어느 곳 하나 터진 출구가 없다. 꽉 막혀 버렸다. 더 심각한 건, 요즘 이 불편함에 슬슬 무뎌지고 있다는 점이다. 그렇다 보니 오히려 이 꽉 막힘에 안주하려는 생각이 내 무의식을 파고든다. 가끔씩은 두렵다. 이러다 평생 이렇게 지낼까 봐.

Shot 1. 양심, 염치 팔아먹기

나이 스물여섯, 마땅한 직업이 없다. 뭐 그렇다고 특별히 내보일 만큼 하고 싶은 것도, 하고 있는 것도 없어 보이는 백수다. 현재 내 처지에 고향집에서 생활하는 것에 불만을 갖는 것 자체가 양심과 염치가 없는 일이란 것을, 안다. 모르는 게 아니다. 거기에 딸 기분 좀 살려 주고자 엄마아빠가 던진 "여행 다녀오라"는 제안을 덥석 무는 내 모습은 '아직 한참 덜 컸구나' 싶을 정도로 양심 없어 보였다. 하지만, 인생을 살면서 '뻔뻔함'이라는 양념도 어느 정도 필요하다는 것이 지난 시즌을 겪고 얻은 나만의 철학이다.

마음 같아서는 밥 벌어먹고 사는 그게 뭐라고 인생을, 정신을 그토록 축내고 스트레스 받으며 살아야 하나 싶다. 평생 이렇게 백수 생활 이어가며 주욱 살아도 되겠다 싶은 마음도 있다. 솔직히 내 제1지망은 하루 벌어 하루 사는 '하루살이 인생'이다. 이거야말로 요즘 흔히들 외치는 진정한 소확행이며 워라밸이 아닌가?

어느 회사의 최종 면접 탈락으로 무력감에 빠진 날, 엄마아빠가 물으셨다.

"네가 진짜 하고 싶은 일이 뭐야?"

'노는 것이 당신들 딸 적성에 진짜 맞습니다!'라고 당당히 외치고 싶은 마음이 울컥 올라왔다. 하지만 초중고 12년, 사립대 4년에 어학연수 1년, 거기에 백수가 되어 엄마아빠 옆에 붙어 살고 있는 현재까지. 물심양면으로 탄탄하게 뒷바라지하신 엄마아빠에게는 절대 꺼내지 못할 말이었다. 나에게 남은 양심이 있다면 말이다.

언제까지고 부모님께 의존하는 삶을 살 수는 없다는 것을 잘 알고 있다. 인생의 반을 교사로 사신 엄마는 명퇴자가 되었고, 꿀과 곶감 장사를 하며 우리 가족을 단단히 이끌어 준 아빠도 벌써 50대 후반을 바라보고 있다. 부모님을 보면, 장녀인 내가 이렇게 배부른 투정이나 하면서 편히 지낼 수 있는 시간이 얼마 남지 않았다는 건 누구보다 잘 알고 있다.

그럼에도 불구하고 여전히 이기적이고 못난 딸이다. '다시 사회인'이 되어 살아가야 함을 분명히 알고 있지만, 지금 당장 치열함의 전선에 다시 뛰어 들라치면 여전히 직장생활자의 삶은 텁텁한 두려움으로 다가오니 말이다. 당장 사회로 들어가기 싫은 이기심은, 갑갑함으로 들어차는 감정을 조금이라도 뒤로 미루려고 안달복달이다.

그래서. 조금 두터운 뻔뻔함을 바르고 양심과 염치와 눈치까지 없는 이야기를 해 보겠다. 나의 소망이며 바람이며 기대하는 바이다. 백수의 철판을 깔고 외쳐 본다.

"당신들이 말하는 안정적인 직장을 향해 다시 내달리기 전까지 잠시 휴식을 취하는 이 동안만이라도 내게 관심 모드를 OFF 해 주세요."

왜냐고? 내 인생에서 언제 이렇게 또 편안하고 여유롭게 쉬어 보겠나 하는 것이 그 첫 번째 이유다. 두 번째 이유라면 나의 적성을 진지하게 찾고 고민해 보겠다는 것이다. 무턱대고 달려갔다가 다시 후퇴하게 되면 그때의 무력감은 또 어찌할까 싶어서.

말 같지도 않은 변명들을 늘어놓고 농담으로 넘기고자 애써 웃어 보이지만, 백수 탈출이 부담으로 다가오는 것은 어쩔 수가 없다. 뻔뻔하고 염치없는 내 속이 훤히 드러나는 것 역시 숨길 수가 없다.

Shot 2. 백수의 생활

요즘 백수들의 세 가지 공감 코드가 있다.

첫 번째, 백수 생활은 '너무 편하다'. 이름 뒤에 붙은 PD라는 직업과 매일 출근하던 촬영 현장이라는 직장이 사라지기 전까지, 일을 그만둔다는 것에 대해 고민해야 했다. '여기서 그만두고 나가면 나를 너무 한심하게 바라보지 않을까?', '지금까지

쌓아 온 나름대로의 내 이미지가 한순간에 무너지지 않을까?'
그리고, '내가 여기서 힘들다고 나가면 과연 그 뒤에는?' 등등.
머리를 어지럽히던 갖가지 고민들 때문에 마음이 몹시도 불편
했다.

직장을 그만두고 백수 생활을 시작하고자 했던 내 주변 친구
들도 처음에는 다들 엄청난 걱정을 안고 있었다. 하지만, 나도
그렇고 친구들도 그렇고 막상 청년 백수가 되고 보니, 이 생활
만큼 적성에 맞는 것도 없다는 의견이 주류다.

백수 특유의 뻔뻔함을 내세워 우리는 이렇게 말한다. 남들이
각자 직업에 맞는 책임의식을 가지고 일하는 것처럼 백수도 자
신의 생활에 책임을 갖고 맡은 바 본분을 다하고자 정성스럽게
잘 노는데, 열심히 하는 만큼 나오는 돈이 왜 없느냐고. 바쁜
사람들 대신해서 놀아 주면 돈 같은 거 안 주느냐고 말이다.

백수들끼리의 공감 포인트, 두 번째와 세 번째는 이어서 말
할 수 있다. 나 말고도 '주변에 백수가 많다'. 그래서, '백수는
그 나름대로 바쁜 생활을 한다'. 주변에 널린 백수 친구들과 만
나 인생을 논하기 위해서, 매일의 스케줄이 빽빽하다.

우리는 이 시대의 '무직자'라는 직함에 위기의식을 그리 크게
느끼지 못한다. 물론, 무위도식하는 현재의 삶에 대한 한심함

과 미래에 대한 두려움이 문득문득 밀려오긴 한다. 그럼에도 불구하고 단순한 우리는, 내 곁에서 서로의 걱정을 함께 해 주며 같은 상황을 겪고 있는 친구들이 있어서 다행이라는 생각에 한없는 편안함으로 파고든다.

Closing: 머물고 싶다

며칠 전, 나의 백수 친구들과 인생을 논하던 도중 이런 이야기가 나왔다. "인생, 참 별것 아닌데. 그 별것 아닌 거를 위해 우리는 이렇게 힘들어야 하고 아파해야 하고 또 무뎌지는 법을 배워야 하는가!" 하고 말이다. 이렇게 적성에 딱 맞는 백수라는 이름을 달면, 사람들 앞에 나설 때마다 수치스럽고 부끄러워해야 옳은 걸까? 백수로 살면 불안해하는 것이 당연한 것처럼 치

부되는 현실을 묵묵히 버텨야 하나? 그 별것 아닌 것이 대체 뭐기에.

오늘도 우리를 백수 신세로 만든 세상에 대한 원망으로 가득한 열변을 토하고 집으로 돌아오는 길이다. 그리고 어김없이 찾아드는 공허함으로 마음이 다시 적적하다. 나와 내 친구들은 요즘 이러고 산다.

밥까지 사 먹기엔 경제적으로 쪼들리니 카페에서 커피와 디저트만 주문하고 공통의 사유만 논하다가 귀가하며 한없이 우울해지기를 반복하는 것이다. 우리가 나눈 논설의 결론은 늘 똑같다. 사회에서 갉아 먹히며 스트레스 받는 것보다 우리의 상황이 더 낫다고. 돈은 조금 없고 조금은 무기력하지만, 어떻게 보면 우리가 승자 아니겠느냐고.

뻔뻔하게도 한 번 더 말한다. 이렇게 잔잔한 백조로 조금만 더 머물고 싶다.

더 알고 싶은 내 마음을 모르는 너는
힘을 들일수록 자욱한 연기를 머금고
그곳의 나를 밀어낸다.

겨우, 다시 찾았다.

더듬대는 손으로 너를 만지고,
주춤거리는 발로 네게 다가간다.

더 가까워지고 싶은 내 마음과 다른 너는
연을 쌓을수록 잔인한 이슬을 머금고
나의 거리에서 달아난다.

답답한 연무가 가득한 내 시간 속,

나를 만들어 주던 빛나는 너는 이제 없다.

겨우 다시 찾고 싶다.

Scene #2

▼

▼

청산

미련 :

무심히 넘긴 한 구절이 아쉬워
저곳에서 다시 돌아보게 되는 종잇장이 있다.

무심히 스친 인연이 아쉬워
저편에서 자꾸만 돌아보게 되는 시간이 있다.

무슨 연유가,
어떤 이끌림이 자석이 되어
이다지도 강력한 여운으로 끌어당기는지
답을 알고 있으면서도 자꾸만,
자꾸만, 마주하길 외면한다.

Opening: 후회의 뫼비우스

밟아 지나온 길을 되짚어보면, 그 순간의 행복을 제대로 즐기지 못하다 나중에야 늘 후회했다. 그 후회가 나를 붙잡고 미련이라는 숨을 불어넣는 상황의 연속이었다. 한 치 앞을 예상하기 어려운 상황 속에서 매번 저지른 어리석은 후회, 곧이어 돌아오는 어리석은 미련, 이후의 자책과 방만은 매번 나의 삶에서 꼭짓점을 그리며 무한대의 영역을 만들고 나는 그 속에서 언제나 동일한 그림을 그렸다.

Shot 1. 인생 판타지

사람들은 팍팍하고 회색빛 가득한 현실을 버티기 위해 자신만의 판타지를 만들어 낸다. 지방에 사는 이들에게는 공통적 판타지가 있다. 서울이나 수도권 지역에 대한 환상이다. 사투리 악센트가 강렬한 경상도의 작은 도시에 거주하는 이들에게 서울 사람들의 말투와 스타일 한번쯤은 따라해 보고 싶은 욕구가 생기기 마련이다.

청소년기까지 나는 경상도 촌뜨기였다. 당시 철없던 나는 무던히 공부하여 수도권으로 진출하는 방법만이 이 따분하기만한 고향 땅을 벗어나는 길이라고 생각하였다. 그리고 2012년 2월, 목표를 달성한다. 드디어 '차도녀'가 될 수 있는 기회가 생

긴 것이다.

나이를 가리키는 앞자리 수가 1에서 2로 바뀐 그날은 약 10여 년 전, 내 나이가 두 자릿수가 되던 열 살과 비교했을 때보다 많은 것이 달라져 있었다. 열 살 하지혜에 비해, 키가 더 커엄마 키를 훌쩍 넘었고, 다 컸다고 생각한 열 살 하지혜에 비해 스무 살의 나는 확실히 숙녀 티가 났다. 무엇보다도, 고향집이 아닌 넓은 수도권 땅을 근거지로 삶을 시작할 채비를 하고 있었다. 내 판타지 안에 있던 서울 생활을 하게 된다는 말이었다! 핑크빛 낭랑한 기운에 설레기 시작했다.

'반드시 이 좁은 고향 바닥에서 탈출해 기세등등해질 테다'라는 단순한 의지로 이룬 상경이었다. 하지만, 부모님의 품을 벗어나 오로지 혼자 모든 것을 해결해야 하는 생활은 갓 스무 살이 된 나에게 그 봄날 닥쳐왔던 꽃샘추위보다 더 시리게 다가왔다. 환상은 역시 환상에 묻어 두는 것이 더 알맞을지도 모른다는 것을 그제서야 조금 깨달을 수 있었다.

학창 시절, 아침에 눈을 뜨면 가장 먼저 마주하던 얼굴들은 가족이었다. 각자 하루를 마치고 돌아왔을 때 위로를 받을 수 있던 존재는 역시 가족의 얼굴이자 마음이었다. 입시를 위해 모의고사라는 것을 치르고 절망의 과정을 거치면서도 넘어지지 않고 다시 집중할 수 있었던 건 따뜻한 가족의 응원 덕이었다. 그들과 함께하는 울타리 안에서 나는 자연히 외롭지 않게 견딜 수 있었다. 하지만, 당시 치기 어린 내 마음은 그 풍족함과 여유로움에 답답하다 반응했다. 이곳은 나를 옭아매는 감옥이라 여길 정도였다. 고향집에서 최대한 떨어진 수도권으로 대학을 가고자 했던 나의 철없음은 그런 짧은 생각에서 비롯된 것인지도 모르겠다.

가족과 함께하는 생활에서 벗어난 뒤 내게 닥친 현실은 일전엔 생각도 못했던 고독이었다. 시끌벅적하고 요란법석을 떠는 가족들의 소음이 없는 기숙사 방은 고요함을 넘어 무서운 기운이 흐르는 적막 그 자체였다. 깊고 어둔 감정은 지나 버린 시간에 대한 후회를 만들었고, 후회의 봇물은 금세 검붉은 빗물로 쏟아져 나와 미련의 호수를 만들었다.

홀로 견디어 나가야 하는 외로운 상황에 언제쯤 적응이 되나 했던 나의 마음은 무던히도 흘러 기숙사 생활 2년, 외국 생활 1년, 자취 생활 3년을 하며 도합 6년간 부모님 집에서 떨어져 지냈다.

Shot 2. 변화 혹은 붕괴의 경계선

길고 깊은 고독의 영역이 침잠하려 드는 외로움의 상황에서 언제쯤 제대로 적응하고 눈을 뜨고 살아갈까 걱정했다. 이 걱정의 기간이 꽤 길긴 했으나 지금 보면, 쓸데없는 걱정이었지 않았을까 한다. 혼자만의 공간에 완벽 적응해 가족들은 모르는 비밀들이 생겼고, 숨기고 싶은 나만의 이야기들이 쌓이는 것에 재미가 붙었다.

그렇게 가족들과 떨어져 본격적으로 혼자만의 인생(영역)을 만들어 갔다. 그즈음, 가족들과 지내면서 유지하던 나의 규칙적인 리듬이 (하루아침에) 모두 무너져 버렸다.

가족들과 지낼 때는 밤 12시를 넘기면 큰일 나는 줄 알았다. 하지만 기숙사 생활, 자취 생활을 하며, 검게 내려앉은 하늘의 무게를 가늠하며, 나만의 사색에 잠기는 시간의 매력을 알게 되었다. 그 시간에 이루어질 수 있는 나만의 비밀스러운 시간에 매료되기 시작했다. 고요함의 강력한 매력을 느낄 수 있는

나만의 시간에 아무도 침범하지 못하도록 나만의 울타리를 단단히 세우기 시작했다.

그 시점의 내게 일어난 또 다른 변화는 불규칙한 식사였다. 고향집에서는 하루 삼시 세끼 그 어떤 삶의 규칙보다 중요하게 여겼다. 대한민국 사람은 밥심으로 산다는 말을 무한 신뢰하는 부모님의 생활신조 때문이다. 허나 그들과 떨어져 산 6년간, 나는 나만의 삶의 규칙을 따랐다. 내 규칙에 의하면, 하루 삼시 세끼는 몸을 살찌우는 부정적 고정관념이다. 이 탓에 하루 세 번의 식사를 무조건적으로 한다는 것은 엄청난 의무감과 부담감을 동시에 갖게 하는 프로젝트였다.

삶 역시 윤택하지 못했다. 매달 경제적으로 곤궁했다. 사람 만나는 것을 좋아해 일주일에 평균 서너 번은 약속이 있었고, MSG 들어간 음식 먹는 것을 낙으로 여기는 탓에 하루 2끼 혹은 1.5끼만 하는 식사마저 모두 외식이었다. 혼자 사는 자의 무료

함을 때우기 위해 인터넷 서핑을 하다가 온라인 쇼핑에 중독되었고, 혼자만의 작은 사치를 위한 카페 방문은 내 하루 일과 중 필수 코스가 되었다. 이런 소비 패턴의 반복 탓에 나는 매달, 긴축재정에 시달려야 했다.

Shot 3. 개인주의 지혜 씨

불규칙하지만 나만의 바이오리듬을 따라 생활하던 내게 갑작스럽게 자취 생활의 중단이 선언된다. 고향집에서의 '시작'이었다. 고향집으로의 회귀는 오랜 시간 갈망해 왔던 방송 판에 발을 들이밀었다 그것이 잘못되었다 여겨 재빨리 발을 뺀 대가였다. 6년간의 자취 생활은 미처 마음의 준비를 할 새도 없이 급작스럽게 청산되었고, 6년 만에 부모님과의 동거가 다시 시작된다.

부모님과 다시 살기로 결정되었을 때, 사실 아무 생각 없이 좋았다. 그동안 자유롭게 내 생활을 보냈다 할지언정, 내 자취 방으로 들어섰을 때 느껴지던 허전함과 외로움은 다른 감정들로 쉽게 대체되지 않고 마음 한쪽에 자리를 잡고 있었다. 이에 진주에서 부모님과 다시 생활하기 시작할 때는 이보다 더 만족스러울 수 없었던 것이다.

일단 집밥은 스스로 체감할 정도로 몸이 건강해지는 식단이었다. 얼굴에 마구 나던 여드름이 사라진 것부터가 희소식이었다. 또한, 우리 집 또 다른 백수이자, 내 영원한 좋은 짝꿍 봉봉이와 하루 24시간을 함께한다는 것은 내게 지나친 행복감을 주기에 충분했다. 그 시간도 잠시, 마냥 고요하고 평안하게만 느껴졌던 우리 집 여기저기서 하나둘씩 문제가 드러나기 시작했다.

가족과 함께 한 공간에서 생활하며 나는 독립된 공간도, 감정의 자유로움도 모두 가질 수 없었다. 자취생 마인드에 이미 익숙해진 내가 그들과 다시 생활하는 것은 학창 시절 가기 싫은 수련회에서 공동체 의식을 함양하는 과정을 되밟아가는 기분이었다.

아침에 일어날 때 함께 일어나야 했고, 밥을 먹기 싫어도 억지로 먹어야 했다. 그들이 요구하는 감정에 따르고 맞춰야 했고, 그들의 약속에 늘 끌려 다녀야 했다. 또한, 나의 일거수일

투족을 공유해야 했다. 새벽 시간의 아름다운 추억과 감성들은 그들과 함께하는 공간에서는 절대 불가능이었다. 부모님과 함께 식탁에 앉으면, 6년의 다이어트는 자의 아닌 강제로 버려졌다. 슬슬 이런 상황이 답답해지고, 과거의 내 행동에 여지없이 미련이 생겼다.

"자취 계속 할래?" 묻는 아빠의 말을 왜 덥석 받지 못하고 양심 운운하며 피했을까 하는 아쉬움이 내 발목을 잡았다.

Closing : 복잡, 미묘

나의 신분은 빼박 청년 백수다. 하는 것이라곤 글을 쓰고, 비슷한 처지의 백수 친구들을 만나 철학적 사유를 빙자한 신세 한탄을 하며 용돈만 축내는 것, 그게 요즘 내 일상 패턴이다.

지금 백수 하지혜의 신세 한탄 주제 대부분은 취직 걱정보다 자취 생활 청산에 대한 불만이다. 자취방을 왜 빼서 이렇게 내 공간 하나 없는 것일까 하는.

하지만 생각을 조금 더 깊이 하고, 내 마음에 조금 더 가까이 다가가 진정한 소리를 들어 본다면, 나의 답답함이 만들어 내는 이 징징댐을 다른 관점으로 해석할 수 있다.

앞서도 잠시 말했듯, 자취 생활을 하며 느꼈던 공허함과 허전함은 늘 버려지지 않던 감정이었다. 그 감정의 중심에는 고향집의 내 따뜻한 가족이 자리했다. 분명 더 넓은 세상을 바랐기에 집을 떠나온 것이고, 홀로 잘 살아 보겠노라 단언하며 반독립을 자처했는데, 정작 그 생활은 별것 없었다. 자취 생활의 장점이라고 하면, 통금시간이 없어 집보다 자유롭다는 점, 내 사생활을 만들 수 있다는 점 그뿐이었다. 하지만, 밤늦게까지 술 마시고 돌아다니지 않는 내게 통금 해제는 굳이 필요치 않았다. 혹 고향집에서 살며 그런 날이 있다고 해도 우리 부모님은 너그럽게 나를 품어 줄 것이었다. 또한, 나만의 사유에 잠기는 내 사생활은 내 집, 내 방에서도 방문 걸어 잠그고 할 수 있는 것이었다. 물론 그 영역이 좁아지긴 하겠지만. 어찌되었든 그 치기 어린 시절, 내가 원한 조금 더 넓은 세상, 조금 더 자유로운 세상은 모두 허영에 불과했던 것일지도 모른다. 결국 나는 우리 가족의 그늘에서 결코 벗어날 수 없는 존재였다.

자취 생활 6년 동안 스물네 번 계절의 변화를 겪으며 늘 그리웠던 것은 '가족'이었다. 그래서 나는 이 답답함이 익숙하고, 편하고 안정적이다.

그런데 가끔씩은 이 생활에 너무 익숙해지는 것이 무서울 때가 있다. 이렇게 사는 것이 너무 편해 계속 지금의 생활 반경을 맴돌기만 하다 내 아까운 시간 다 소비해 버리는 것은 아닐까 하고 돌연 불안해진다. 스스로의 상황에 대해 갑자기 화가 치

밀어 오르기도 한다. 그러다 또 자각한다. 내가 지금 이 공간에서 느끼는 평온함과 따뜻함, 두려움과 분노, 이 모든 감정이 제 모습을 드러내는 연유는 그간 잊고 있던 내 지난 시절에 대한 그리움을 되새김질하는 것은 아닐까 하고.

제 눈에는 저 앞, 멀거니 섰는 당신만 보였습니다.

그런 당신도 저와 같은 방향이라 생각했습니다.

저와 같은 곳을 바라고 같은 빛을 가진 줄 알았습니다.

그랬기에 제 한 쪽은 하릴없이 두근대었습니다.

당신도 저와 같은 마음을 한 반쪽이라 여겼습니다.

저와 나란히 한 길을 걷고 함께 걸음을 하던 당신이

영원히 내 곁에 머무를 것이라는 그림에,

생각에 밤잠 설쳐도 좋을 만큼 설렜습니다.

꽤 괜찮은 과정이라 여겼습니다.

즐거운 이야기라 꽤나 곱씹었습니다.

기분 좋은 달뜸에 눈부셔 잠 못 이룰 만큼 행복한 빛을 전해주던 사람은 오직, 당신 그 뿐이었습니다.

지금에야 생각해 봅니다.

혹, 그때, 그 계절을 스치던 제가

그 즈음에 진즉 깨달았다면,

지금의 저는 어떻게 달라졌을까 하고.

지금의 당신은 어떻게 보이고 있었을까 하고 말입니다.

그때는 왜 몰랐을까요.

저와 당신에게 똑같은 매일은 없다는 것을.

당신이 저와 같은 방향의 시선만 가질 리 없다는 것을.

서슴없이 깊어 가던 어둠의 굴을 지나고 나면

결국, 환한 한 줌이 당신을 다시 삼켜 버리고 말리라는 것을.

그때의 제가 미리 알았더라면 어땠을까요.

히죽이며 다가온 오늘의 새파란 맑음이었다.

별안간, 옅은 회색빛 사선 하나가

선명한 푸른 바탕 그 위로,

모난 자욱 하나를 그어 내린다.

거무튀튀한 색을 한 선들은

여기저기서 범위를 넓히며 존재감을 드러내다

기어코, 오늘의 맑음을 뒤덮고야 말았다.

순식간에 맑음을 덮어 버린 것은

회색빛 진한 어둠이었다.

단지 하나의 선이었던 것이

면이 되었고,

그 면이 바탕이 되어 전체를 삼킨 것이다.

맑은 선(善)을 삼키는 깊은 어둠의 악(惡),

결국 자연히 모두가 덮이고 삼켜지는 오늘이다.

Scene #3

▼

▼

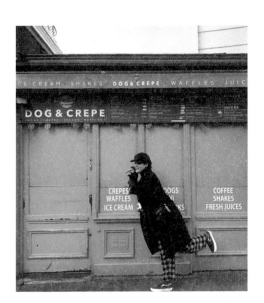

마음에만 품지 말고,
바로 지금

꽃 청춘 :

여기,
피었다 지는 꽃이 있다.

저기,
웃다 우는 청춘이 있다.

계절의 부름에 좇아가는 꽃도,
시간의 부름에 매달리는 우리도
결국, 모두 아름답다.

Opening: 한계

물 흘러가듯 마음 가는 대로, 내가 원하는 대로 방향을 정해 나아가면 당연히 멋진 사람, 남들이 부러워하는 사람, 누구에게나 존경받는 사람이 되어 있을 줄 알았다. 남들과 다른 특별한 것이 있을 줄 알았다. 그랬기에 내 인생 어딘가에 있을 '성공'에 당연한 기대와 희망을 품고 살았다. 하지만 무엇 하나 제대로 되어 가는 것이 없는 현실과 마주하고서야 조금씩 깨닫고 있다. 나는 세상이 흔히 말하는 성공과는 거리가 먼 사람이었다는 것을.

Shot 1. 강박이 남긴 흔적

어릴 때부터 계획 세우는 것을 좋아했다. 자기 전, 다음 날 일과를 시간 순서에 맞게 정하고서야 평안한 밤을 보낼 수 있었다. 그렇지 않는 날에는 꼭 실오라기 하나 걸치지 않은 채로 밖을 돌아다닐 것만 같은 불안감에 잠에 들 수가 없었다.

시간을 대하던 내 습관은 한 겹, 두 겹 쌓여 어느새 하루를 보내는 나만의 당연한 일과가 되었다. 그리고 이 당연함은 나도 모르는 사이에 어느덧 나의 일상에 대한 강박증이 되어 있었다. 내 일상을 휘어잡는 시간에 대한 강박이 나를 지금으로 이끌어 왔다.

　시간 단위로, 혹은 일 단위, 월 단위로 해야 할 일을 세우고 다이어리에 기록하는 것을 좋아했다. 그것이 좋아 시간대별로 해야 할 것을 확인하고 기록하는 일에 함빡 빠졌다. 나중에 보니, 정작 뭐 하나 깊이 파고들어 제대로 성취한 것이 없었다. 여기저기 내가 흉물스럽게 파 놓은 땅들은 이제는 대부분이 쓸모가 없을 지경에 이르렀고, 자연히 제자리걸음만 하며 도태되었다. 이것이 재미있겠다 싶으면 잠시 깨작대다, 저것이 또 흥미가 있다 싶으면 잠깐 만져보다 하니 지금 이 지경이 되었는지도 모르겠다.

　여기에 스스로의 방어기제를 펼쳐 보자면, 여러 우물을 팠던 이유는 따로 있다. 미래가 불확실했기 때문이었다.

　방송 일의 문턱은 내게 굉장히 높게만 느껴졌다. 이처럼 스스로에 대한 확신도, 자신감도 없던 내게 한 우물만 깊게 파고들 용단이란 것이 있을 리 만무했다. 이 사실을 알고 나니, 청년 백수는 스스로를 갉아먹는 자책으로 마음을 채우게 된다. 소심하고 용기가 없던 탓에 이것저것 겉만 핥다가 미적지근한 시간을 보내고 있었던 것이다.

Shot 2. 행동하니 행복해졌다

혼자만의 시간이 많아진 백수이다 보니 자연히 스스로에 대해 생각할 겨를이 많아졌다. 그러다가 이제 정말 뭐 하나 깊이 있게 파고들어봄이 어떨까 하는 생각을 하게 되었다. 내 속에 존재하던 작은 용기를 한 줌 꼭 끌어 안고서.

평생을 살며 이룰 버킷리스트를 작성해 왔다. 작은 노트에 빼곡히 적힌 수십 개의 항목들이다. 그중에는 '내 이름을 건 에세이 내기', '내 이름을 건 시집 내기', '여행하고 글 쓰면서 돈 벌기', '드라마 작가 되기' 등이 있다. 나는 지금까지 이것들을 그저 속에 품은 이상으로만 간직하고 있었다. 직접 머리를 쥐어짜고 내 손이 직접 수고하는 고통을 감내하는 일에는 굳이 덤벼들지 않았던 것이다.

글쓰기는 그저 나보다 더 재주 좋은 사람들이 하는 것이라고 생각했다. 그랬기에 애초에 그 리스트는 접고 자꾸 뒤의 일로,

꿈으로 미루기만 했다. 글을 엮어 사람들에게 감성을 전달하는 것은 나보다 더 깊은 마음을 가진 사람들의 전유물이라 여겼던 탓이다.

그랬다. 내 이상에 대해서도 역시 내 용기를 채우는 것이 부족했다. 하지만 이제는 나의 이상을, 소망을 그저 막연함으로만 간직하는 어리석음을 더 이상 범하고 싶지 않다. 그 어리석음의 연속 덕에 지금 내게 남은 것은 후회와 미련뿐이니, 더 이상의 실수는 하고 싶지 않은 것이다.

숨어 있던 나의 작은 용기는 이제야 고개를 내밀고 세상으로 나올 준비를 하고 있다. 모습을 조금 드러낸 용기를 쥐고, 글쓰기의 목표를 구체화하기로 결단하였다. 직접 꺼내고 꾸며서, 세상사람들과 공유할 수 있는 가치 있는 결과물로 만들기 위해 내 온 정신을 깨워 보기로 한 것이다.

다른 때와 다르게 절박한 심정으로 조금 더 깊이 파고들어 가

보았고 이내 즐거워졌다.

'창작의 고통'에는 꽤나 큰 에너지가 필요하다. 그렇다 해도 내가 진정으로 하고자 했던 말을 구성하고 꾸리는 작업은 흥미롭고 새로웠다. 퍼즐 조각처럼 어지럽게 흩어져 있던 단어들이 각기 제자리를 찾아 문장을 만들어 내는 것을 보니 애착이 깊어지기 시작했다. 새로움을 빚는 것이 외롭고 고독한 싸움일지라도 마음과 영혼에 번지는 은근한 기대감에 스스로 미소가 지어졌다.

혼자 있는 시간에 나만의 영역을 조심스럽게 개척하다 보니, 자연히 마음도 넓어졌다.

Closing: 미루기 금지

학교라는 공간에 있던 초중고 12년은 입시만을 위한 시간표대로 살았다. 순수하게도 대학교 입시 관문만 통과하면 내가 원하는 모든 것이 이루어질 줄 알았다. 하지만, 십여 년 동안 숙성시킨 순수함을 발판 삼아 오른 대학이라는 공간에서는 애석하게도 또 다른 질주가 기다리고 있었다. 너도 나도 다 한다는 '스펙 쌓기'라는 높은 허들이 가로막고 서 있었던 것이다. 여기저기서 뿜어대던 불길 탓에 나도 그들도 진실 된 용기를 낼 수가 없었다.

남들이 한다니 해야 하나 보다 싶어 숨을 죽인 채 여기저기 흠을 얕게 파 놓고, 그걸로 그만이었다. 그러니 어쩌면 내가 혼자의 시간을 이렇게 길게 갖게 된 것은 당연하다. 내가 진정 바라는 내일을 굵은 선으로 그리고 색을 칠해 나간 적이 없었기에. 내 안에 품은 작은 씨앗의 발아를 미루고 누르다가 여기까지 온 것은 시간의 흐름이 가져다 준 필연적인 결실인 셈이다. 하지만 이제는, 앞으로는, 이 발아를 더 이상 늦추지 않으려 한다. 누가 뭐라 하든지 이제는 내가 하고자 하는 것에 대한 용기의 샘을 키워 거대한 호수로 만들겠다고 깊고 굵게 다짐한다.

희망 한 줌 :

어긋나 버린 조각 더미는 쌓이고 겹쳐
얼기설기 높은 벽을 엮어 내었다.

야트막한 높이에, 비어 있는 틈이 보여
쉬이 무너지겠노라
온몸으로 부딪혀 보았다.

곧, 내 몸 여기저기 성한 곳 하나 없게 된다.

앞선 시선에 깜깜히 막혀 버린 장면을 하염없이 바라보다
작은 틈 사이로 길게 스미어 오는
짙은 한 줌에 등 떠밀리듯 일어나 본다.

알아감

teaser
"우리에게 얽힌 여러 개의 길에서 아름다운 어울림으로
발맞춰 걸어가는 법을 이제야 조금 알게 되었다."

백수 생활 1년을 채웠다. 긴 시간이기도 하지만, 어찌 보면 나의 청춘 중 찰나에 불과했을 이 기간. 나름 허투루 보내지 않았다고 고개 들어 보일 근거 하나는 백수 생활을 보내며 새로이 알아가는 것이 있다는 점이다.

가장 먼저 깨달은 것은 '꿈이 없고 목표가 없는 것은 굉장히 무서운 일'이라는 사실이다. 꿈과 목표 없이 지내는 시간들은 내게 무기력의 끝 지점까지 닿게 하고 스스로의 존재를 부정하기 쉽게 이끌었다.

두 번째 깨달음은 '스스로를 알아감'이었다. 조금 더 알게 된 나는 은근히 외향적이면서 또 금세 움츠러드는 달팽이 같은 내향성을 지니고 있었다. 오로지 혼자만의 시간을 갖고 싶어 하다가도 하루에 수십 번씩 찾아오는 나를 둘러싼 적막은 세상 밖으로 어서 나가라고 외쳐댔다. 그 부지런한 외침 때문에 햇빛

'혼자' 가기보단 '함께', '나'와 '너'를 생각하며

아래 서 있기도 했고, 상대의 마음에 부딪히는 진자운동을 지속하기도 했다.

또 하나 깨달은 것은 '내 인생이 내 것이라고 해서 내 앞에 놓인 길을 혼자만 빠르게 걸어가서는 안 된다'는 점이다. 내가 살기 위해 호흡하고 감상에 젖을 때, 나의 곁에는 나와 이 공기를 공유하고 함께 감정을 나누는 존재들이 있었다. 내 행복에 함께 웃어 주고, 내 좌절에 함께 울어 주고 손잡아 다독여 주는 내 사랑하는 '그들' 말이다. 아무리 지지고 볶고 감정의 골이 패었다 해도, 이번 생에 있어서 그들과 나는 결코 서로의 이야기를 외면할 수 없는 운명이었다. 그렇게 나는, 우리에게 얽힌 여러 개의 길에서 아름다운 어울림으로 발맞춰 걸어가는 법을 이제야 조금 알게 되었다.

밤 산책 스케치 :

높은 하늘을 즐기던 공기층에는

하루의 시간이 퇴적되었다.

그 움직임이 둔해진다.

하중을 견디지 못한 채 퍽 고꾸라진다.

곧, 내 머리 위 붉은 선혈을 전하고 내일을 기약한다.

붉은 기를 휘날리며 타오르던 하늘의 층위에는

무채색 캄캄함이 찾아왔다.

어둠과 함께 찾아온 바람이

내 발자국과 함께 움직이기 시작한다.

천천히, 나지막한 밑그림을 그린다.

검은 하늘 폭 속에는

휘이한 구름이 하나의 결을 만들고 갔다.

그 아래, 이 계절이 내린 빛을 품은 강물이 있다.

일렁이는 물결에는

점점들이 반짝이는 빛이 만들어 낸,

이 계절이 품은 시간이 담겼다.

가까이 다가가 보려 하면,

쉬이 내어주지 않는 수면 위의 그 아름다운 곡예가

고요한 이 밤의 길을 참, 짙게 물들인다.

호젓한 밤이다.

Scene #1

▼

▼

모름지기,
백수라면

L과 S에게 :

굳이 깊이 들여다보지 않아도
자연히 알게 되는 마음이 있다.

굳이 곁에 두려 애쓰지 않아도
내 곁에 머무는 온기가 있다.

많은 말을, 깊은 근심을 불러내지 않아도
넌 내게 늘 깊은 마음이었고, 따뜻함이었다.

고맙다, 내 친구야.

Opening : 백수의 미덕

서당 개도 삼 년이면 풍월을 읊는다고 한다. 우리 집 봉봉이 같은 개도 한다는데 나라고 못할 것이 뭐 있나. 그래서 나 역시 꽤나 길어지고 있는 이 백수 생활을 통해 깨달은 백수의 미덕을 어필하려고 한다.

Shot 1. 규칙적으로 살라

백수 생활을 하며 여행을 다닌다. 내 목소리도 내고 산다. 용돈도 당당하게 타서 쓴다. 염치불고하고 백수 생활을 은근히 즐기며 지낼 수 있는 첫 번째 명분은, 바로 규칙적인 생활 습관이다.

백수 생활 초반에는 일 없이 시간을 축내는 나태함이 좋았다. 새벽부터 일어나서 여의도로 출근한 후 스텝 버스를 타고 촬영장으로 이동하지 않아도 되어 좋았다. 혹여 늦잠이라도 잘까 노심초사하며 전날 밤 알람 수십 개를 맞추지 않아도 되어 좋았다. 새벽 늦게까지 밀린 드라마나 영화, 예능을 볼 수도 있었고, 나만의 새벽 시간에 빠져들 수 있었다.

평범한 인간의 감정은 대개 일 년에 네 번 바뀐다고 한다. 생각해 보니 런던에서의 생활도 3개월마다 슬럼프가 왔고, 대학

도 3개월을 기준으로 학기와 방학이 바뀌었다. 연애할 때 상대방을 향한 감정도 보통 3개월을 기준으로 변화되곤 했다. 이쯤 되면 모든 인간의 감정 곡선은 아마도 신께서 미리 계획해 둔 고도의 심리 전술이 아닐까 싶다.

각설하고, 백수 생활 3개월 차에 접어들었을 때다. 참 편하고 좋다고 생각한 백수 생활에 두려움이 밀려오기 시작했다. 이 생활의 끝이 과연 있기는 할까 하고 생각하니, 오, 무서워지더라. 그런데 무섭다고 당장 이 매력적인 백수 생활을 끝내기에는, 이미 중독된 노는 맛이 아쉽고 감질날 것 같았다. 그래서 내게는 이 백수 생활을 이어 나갈 수 있는 돌파구를 찾아내는 것이 필요했다. 일명, 백수로 살아남기 프로젝트!

그래서 들이민 것이 생활 규칙성이다. 아주 대놓고 착실하게, 내가 만든 타임 테이블에 맞춰 살아가는 것이다.

우선 아침 7시 40분에 기상한다. 왜냐? '초전 심천 사우나'에서 8시 30분부터 시작하는 에어로빅을 하러 가기 위함이다. 사실 그 시간은 부모님이 출근하실 시간이라 백수가 게으름 피우지 않고 일찍 일어나는 것을 보여 줄 수 있는 좋은 기회다. 정신을 차리고 곧장 헬스장으로 향한다. 아주머니들과 한데 어울려 그동안 억눌렀던 댄스 열정을 불사른다. 그러면 한 시간이

후딱 간다.

사우나에서 샤워까지 마치고 나오면 대강 10시가 된다. 2018년도 상반기까지 나는 이 시간에 맞춰 짐 가방을 둘러메고 독서실에 갔다. 독서실에 앉아서 그동안 NCS(국가직무능력표준)공부 좀 했다.

백수 생활 하며 여기저기 취업 준비라는 것을 좀 해 본 사람들은 알 것이다. NCS란, 대한민국 공기업에서 원하는 인재를 선발하는 필기시험이다. 언어부터 수리 문제, 문제해결능력을 묻는 문제, 추론 문제, 공간지각능력 문제 등 일반 사기업 입사 시험과 비슷하면서도 또 다른, 그런 어려운 시험이 있다.

이 공부를 한 이유는 공기업에 들어가고자 함이었다. 방송판을 나온 후, 삶에 대한 목표도 꿈도 사라진 상황이었다. 딱히 다른 직장에 흥미가 느껴지지도 않았다. '그냥 안정적인 직장'을 기대하는 주위의 목소리에 부응해 나도 그걸 목표 삼아 어울리지 않는 감투를 쓰고자 했던 것이다. 하지만 흥미도 없고 의지도 없는 탓에 도통 발전이 없었다. 공부를 해도 전혀 성과가 없는 공부였다. 그렇지 않아도 흥미가 안 붙는데 이런 발전도 없는 상황이라면 아니다 싶었다. 그래서 이제 독서실은 가지 않는다. 언제 합격할지도 모르는 상황에 대한 불안감이 내 물렁한 정신력을 누른 탓에 독서실에 가기만 하면 가슴이 답답하고 숨이 콱 막혀 왔던 것이다.

독서실 대신 지금 내가 선택한 곳은 동네 카페다. 집에서 불과 2분 거리에 위치한 곳으로, 알바생보다, 심지어는 사장님보다 더 높은 출석률을 찍고 있다. 그 덕에 겨울에는 따뜻하게, 여름에는 시원하게 계절을 보내며 나만의 기록들을 채울 수 있었다. 이 글을 빌려 오늘도 나의 아메리카노에 헤이즐넛 시럽을 추가해 주신 초전동 핸즈 커피 사장님과 직원 분들께 감사를 전한다.

카페에서 대강 시간을 보내다 보면 점심시간을 넘긴 오후 2시쯤이 된다. 그러면 그제야 나의 지정석에서 일어나 집으로 향한다. 빨래도 개고 집안 청소도 하고 봉이 산책도 시키면 엄마가 퇴근하기 직전이다. 이제 빨리 책 읽는 척을 해야 한다.

지금 백수 생활을 하고 있는, 혹은 예비 백수가 될 분들은 꼭 알아두었으면 한다. 부모님들은 퇴근 후 집에 돌아왔을 때 자식이 하고 있는 행동에 따라 그들이 보낼 저녁 시간의 기분이 달라진다는 것을. 그러니 하루를 허망하게 소비했다고 절망하지 말고, 부모님 돌아오기 직전이라도 뭔가 생산적인 것을 하고 있었음을 대놓고 보여 드리길 바란다. 당신들 앞에 놓이는 저녁 메뉴가 달라질 것이니.

엄마와 하루의 일과를 공유하는 대화를 나누다 보면 이제 아빠가 오신다. 그렇게 저녁 6시 30분에 맞춰, 우리 집에서 1분 거리에 살고 있는 이모네와 접선한다. 함께 저녁을 먹으러 나가기 위함이다. 난 이 시간이 제일 좋다.

가족들과 긴 이야기를 나누고 방으로 들어온다. 하루를 마무리하는 의식을 치르기 위해 노트북 자판을 두드린다. 그리고 곧, 이른 새벽을 맞이하며 나의 하루 일과는 최종 마무리를 짓는다.

백수 하지혜에게는 이런 하루가 매일 반복된다. 참으로 규칙적이다. 그러니 엄마아빠는 나를 두고 아무 말을 할 수 없다. 이상하게 그들의 딸은 매일이 바쁘거든. 심지어 아침에 그들이 굳이 깨우지 않아도 일찍 일어나니 그걸 두고 뭐라 잔소리도 할 수 없는 노릇이다. 그래도 뭔가 하고 있는 듯 보이니 말이다.

혹 백수 생활을 조금 더 영위하고자 하는 분들이라면 자신만의 타임 테이블을 만들어 그 시간 계획대로 실천하길 권한다. 백수로 지내는 삶의 질이 조금은 업그레이드될 것이니.

Shot 2. 눈치로 잡아라

어느 집단에 속해 있느냐에 상관없이, 인간이 사회에서 살아남기 위해서는 어딜 가나 눈치가 중요하다. 직장에서는 물론이고 친구 관계에 있어서도 혹은 연인 관계에 있어서도 상대의 눈치를 살피는 것은 그 관계를 지속하는 데 매우 중요한 요소이다.

청년 백수는 어딜 가나 '을'이다. 기업에 자소서를 제출할 때 우리는 그들에게 더없이 충직한 예비 신입사원으로 보여야 하는 '특급 을'이 되며, 초면의 상대에게 나의 직업을 말할 때 역시 최대한 자존심을 굽혀 무직임을 밝히는 '슈퍼 을'이 된다. 그 무엇보다, 내게 일용할 양식을 공급하고, 용돈을 하사하시는 부모님 앞에서는 '슈퍼울트라초특급 을'이다. 나는 나의 '슈퍼울트라초특급 갑'을 위하여 그들의 감정에 어긋나지 않도록 최선을 다하는 모습을 보인다. 적당히 눈치를 봐 가며 그들의 생각에 동조하고 그들의 감정에 살포시 고개를 끄덕여야 하는 것이다.

부모님과 한 지붕 아래 살며 솔선해 보이는 나의 처신법 첫 번째는 무조건적으로 그들의 편이 되어 주는 태도다. 일례로, 엄마아빠가 사회생활을 하며 겪은 스트레스에서 잠시나마 벗어날 수 있게 하는 역할이다. 하루 일과를 겪으며 쌓인 분노와 울분을 나에게 이야기함으로써 삭이게 하는 것이 내 역할 중 하나다. 여기서 중요한 것은 그들의 감정에 공감하고 이해하고자 하는 태도를 보여주는 것이다.

나의 백수 처신법 두 번째는 분위기 파악 잘하는 약삭빠름이다. 어릴 때부터, 동생과 엄마의 분위기가 험악해진다 싶으면 방으로 가 공부하는 척했다. 그 덕에 엄마는 나의 성격이나 생활에 무한 신뢰를 보냈다. 물론 집안에서 보이는 나의 처세술이 얄미웠던 동생은 분통을 터뜨렸지만, 뭐 어쩌겠나? 이 집안에서 살아가는 내 나름대로의 생존 방식이니, 화가 나면 자기도 이 능력을 기르면 될 것을.

성정 유약하고 무딘 나이지만, 가족들의 공기 흐름을 감각적으로 읽어내는 능력 하나만큼은 탁월하다. 이 능력 덕에 나는 봉이가 오기 전까지 가족들의 귀여움을 독차지하던 동생도, 엄마의 남편인 아빠도 사로잡지 못한 우리 집 서열 1위, 엄마의 든든한 오른팔이 될 수 있었다.

동생 혹은 아빠로 인해 혈압이 상승하려는 찰나, 엄마는 나를 찾는다. 그리고 이때 엄마를 달래는 나의 절묘한 역할이 빛을 발한다. 집안이 걷잡을 수 없는 열탕으로 변하려는 순간, 극적으로 온도를 낮추어 주는 어시스트를 톡톡히 하고 있는 것이다.

엄마를 완전한 나의 편으로 만든 것은 백수 생활에 실로 유용하게 도움 되고 있다. 내 백수 생활이 지금 같은 안정기에 접어들 수 있었던 것도 서열 1위의 든든한 오른팔을 자처한 공이 다분하다. 그러니, 청년 백수 동지들이여, 집안의 실세를 내 편으로 만들라.

Closing : 백수, 편하다

7월 중순까지 이어질 거라던 장마도 예상보다 너무 일찍 끝나 버렸다. 한여름, 푹푹 찌는 무더위만 남아 2018년 한반도를 뜨거운 열 돔으로 만들고 있다. 날씨에 온몸이 녹아내린다는 말은 요즘을 두고 하는 말이리라. 정말, 바깥을 돌아다닐 수 없을 정도로 뜨겁고 숨이 막힌다.

끝도 없이 높아져 가는 이 더위와 다르게 흘러가는 시간이 있다. 백수의 시간이다. 규칙을 갖고, 눈치를 갖고 보내는 백수의 시간만큼은 그 적정 온도를 알고 잔잔히 흘러간다. 오늘도 여전히 나만의 타임 테이블과 나만의 눈치로 하루를 보냈다. 편하다.

저 낮은 곳에 머물던 어둠이
내 가까이로 바싹 다가와 속삭인다,
방심했던 탓에
내 겉과 속을 모두 내보였다.

검푸른 문장을
내 손등에, 마음에 올려 두곤
곧, 거하게 후려친다.

그 무정한 한마디에
내 손과 마음은 속절없이 바스라진다.

어머, 저기 서 있는 또 다른 짙은 어둠이

다가올 채비를 마쳤나 보다.

난 이제 다시 숨을 곳을 찾아야겠다.

이만, 굿 바이.

Scene #2

▼

▼

변신의
이유

휴대폰 중독 :

머릿속을 채우는 빙빙거리는 소음에
내 손은 자꾸만 너를 찾는다.

마음을 막고 선 둔탁한 두께에
내 시선은 자꾸만 너를 좇는다.

심하다 싶을 만큼 너를 부르고,
찌질하다 싶을 만큼 너에게 매달린다.

오늘도 여전하다.

Opening: 중독

간밤의 피로를 풀고 새로움을 맞이하는 시점, 침대에서 기지개를 켠다는 명목으로 비비적대는 시간은 아침의 필수 코스이자 하루를 시작하는 의례다.

휴대폰으로 포털사이트를 검색하고, 내 블로그 방문자 수를 확인하고, SNS 좋아요 수를 확인하고, 톡의 메시지 수를 확인한다. 다른 날과 다르지 않다. 곧이어 무거운 몸을 일으키고 밖으로 돌아다닐 채비를 시작한다. 백수의 하루를 헛되이 보내기 싫어서.

몸을 움직이지 않으면 세상의 모든 무기력이 나를 향해서 달려오는 것 같다. 침대 지박령이 제아무리 내 몸을 잡아끌어도 꾸역꾸역 기어이 나가고야 마는 건, 나의 정신세계가 시키는 반사적 행동이다. 친구들을 만나거나 가족들을 만나거나 혹은 마을 사람들과 얕은 친분을 쌓아 본다.

Shot 1. 인스타충

내가 휴대폰을 활용하는 이유 8할은 SNS를 하기 위함이다. 글을 올리지 않아도 습관처럼 앱을 열고 새로 고침 버튼을 누르고 또 누른다. 궁금한 소식이 있어서 그러는 것은 아니다. 기다리는 소식이 있는 것도 아니다. 이 행동은 이제 나의 일상이 되어 버렸고, 그렇게 해야만 하루의 시간이 채워지는 기분이 든다. 스스로 존재하는 이유가 생기는 기분인 것이다.

가까이서 들여다본 나는 결코 매일이 행복하거나 자유로운 것은 아니다. 한숨 쉬는 장면이 대부분이다. 시간은 남아도는데, 정확하게 오늘 무엇을 해야 할지 모르겠다. 그러다 폭- 하고 한숨을 내뱉는다. '일자리라도 찾아야 할 텐데…' 하고 그저 생각만 하고 있는 스스로가 한심해 보인다. 또, 폭- 한숨을 쉬어 낸다. 그렇게라도 해야 나를 누르는 무거운 부담감을 덜어낼 수 있을 것 같아서.

그러다 대한민국 사회가 정한 성공의 표준 범위에 들어서 기세등등한 그 누군가를 만나기라도 하면 작은 숨조차 제대로 쉬지 못한다. 그저 고개 숙이고 웅크리고 있다. 혹여나 그의 잘남과 나댐을 무기로 청년 백수 걱정이라는 공포탄을 내게 쏘아 올릴까 싶어서.

그런데, 여기. 전혀 다른 양상을 갖고 있는 내 모습이 있다. 바로 SNS의 한 프레임에 담기는 내 이야기다.

현실의 나는 어찌될지 모르는 취업 상황에 전전긍긍하지만, SNS에서 내 얼굴은 여유로움과 행복으로 가득 찬 모습이다. 오늘을 거닐던 내 감정은 한없이 무기력했다가 또다시 분노로 차올랐다 다양한 스펙트럼을 넘나들었다. 그러나 SNS 속 나의

감정은 평화로우며 안정되어 있다. 이를 두고 철저한 대비를 이룬 인생 미학이라고 해야 할까? 찰나의 컷에 담긴 네모난 프레임 속 내 모습은, 이렇듯 나의 현실을 채우는 색과 전혀 채도가 다르다.

　모바일 속의 나는 세상 여유롭고 걱정 따위 없어 보이는 한량 같다. 꾸역꾸역 버티는 처량한 현실은 거기에 없다. 결국, SNS에 중독되어 버렸다. 요즘 내가 SNS에 게시물을 올리는 이유는 "나 이렇게 행복하게 잘 살아요"를 온라인으로, 모바일 상으로나마 과시하기 위함이라 해야 할 것이다. 아니, 그런 연유 때문이라고 '확언한다'는 말이 더 잘 어울리겠다.

　한순간에 불과한 내 SNS의 프레임이 누군가의 관심을 받는 것이 좋다. 내 게시글에 누군가의 진심인지 아닐지 모를 '부럽다'는 감정 하나가 내게 설렘과 동시에 약간의 으스댐까지 준다. 하트 하나, 댓글 하나에 내가 그렇게 느끼는 이유는 내 안에서 조용히 뿌리를 내려 급격히 번진 자격지심에서 비롯된 것이었다. 내가 SNS를 하는 이유는 내가 이만한 여유가 있다는 은근한 허세와 우월의식을 드러내기 위함이었음이 확실한 정답이다. 인정하는 순간, 또다시 한없이 초라해진다.

Shot 2. 나 지금 궁서체다

친구와 장난치면서 생각 없이 노는 것이 좋았다. 시원한 에어컨 바람으로 차가운 공기가 채워진 카페에 앉아 시원한 빙수한 그릇 퍼 먹으며 또 다른 핫 플레이스를 물색하는 것이 재밌었다. 혹은 요즘의 근황을 물으며 썸 타는 남자와 간질대는 이야기를 자랑하듯이 떠벌리는 것이 좋았다. 그것이 마주한 친구와 나누는 이야기의 전부였고 우리의 최대 관심사였다. 하지만이제 내게 흥미를 일으키는 관심 주제는 더 이상 그런 것들이아니다.

이전까지의 나는 속 깊은 이야기를 먼저 꺼내지 못했었다. 나를 오래 봐 온 그 누군가가 나의 기분을 알아채 주기만 바라고 있었다. 그들이 먼저 마음을 열고 귀를 기울여 주면 그제야내 주변의 것들부터 차근차근 하나씩 굳게 채워져 있던 자물쇠를 열어 나가는 타입이었다.

이제는 완전히 바뀌었다.

지금의 나는 겉치레는 거두절미하고 가장 안쪽에 도사린 커다란 검은 악마의 이야기부터 꺼내들고 보는 것이다. 그것도 내가 먼저. 그래서인지 친구들을 만날 때마다 진지충, 우울충이 되어 있는 내 모습을 발견하게 된다. 나의 현재와 미래의 시간이 벌이는 색 없는 경주를 기본 배경으로 걱정 가득한 이야기를 만들어낸다. 그렇다고 이런 내 모습을 마주하는 이들에게 명쾌한 해답을 달라는 것은 결코 아니다. 또, 그들 앞에 앉아 있는 내가 한없이 우울한 사람이라는 것을 자랑삼아 떠벌리려는 것도 아니다. 내 속에 가득 들어찬 먹구름을 다른 이에게 토스해 버리고 이 상황에서 빠져나가려는 것 역시 아니다.

오리지널 내 마음은, 항상 그들에게 밝은 빛이 드는 창 같은 사람이고 싶다. 나를 떠올리면 언제나 밝은 에너지로 가득한 사람이 생각나게 하고 싶다.

물음표라는 얄궂은 기호 하나에 발목 잡힌 나의 답 없는 인생을 상대들과 논할 때, 나는 어김없이 '답정너(답은 정해져 있고 너는 대답만 하면 돼)'다. 그리고 제대로 답하지 않는 상대는 언제나 그렇듯 '넌씨눈(넌 씨, 눈치도 없냐)'으로 치부해 버렸다. 넌씨눈이 된 그 상대는 어김없이 잠시간 인간관계에서 단절시키는

대상이 되었다. '내 마음이 불편했던 것'이 주요 죄목이었다.

내가 강제적으로 그들을 끌어들인 내 인생 토론장에서 내가 듣고 싶은 답은 딱 하나였다. '네가 생각 없이 살고 있지만은 않구나' 하는 것이 나의 장황한 연설 끝에 들려와야 하는 간결한 해답이었다. 그 한마디를 듣기 위해 나는 진지충이 되어야 했고 우울감을 내보여 상대에게 전달하는 짓을 저질러 왔다. 비록 그 상대는 조금 불편하다고 해도, 그렇게 해야 내 마음이 조금 편안해질 수 있었다. 이 상황을 지나는 동안 내가 현실을 직시하며 진지하게 임하고 있음을 그들에게 알려 주어야, 하지혜는 그들이 생각하던 것처럼 여전히 멋진 신여성이 될 수 있었다. 깊어 보이는 내 이야기를 통해 상대에게 나도 나이에 걸맞은 어른스러운 사람임을 보여줄 수 있었다.

결국, 나의 작은 이기심이 불러온 발화는 나도 모르던 새에 몹쓸 습관이 되어 버렸다.

Closing: 밖으로, 밖으로

　시간이 많다 보니 자연히 생각의 그림자가 길어지고, 걱정의 늪이 깊어진다. 그 탓에 요즘엔 하루에 수십 가지의 사유를, 걱정을 품에 안고 지낸다.

　수십 가지가 넘는 번민들 중 가장 중심에 위치한 공허함은, 굳건히 자리를 지킨 채 수개월째 변함없는 곡선을 그리고 있다. 거대한 공허함과 무력감이 차지하는 영역은 내가 아무리 인스타충으로, 진지충으로 변한다 한들 사그라들 기미가 없어보인다. 그러다 자연히, 외로움을 벗 삼아 홀로 그것을 견디는 것보단 군중 속의 외로움이 낫겠다는 생각을 하게 된다. 그렇게 나는 사람들 틈으로 파고들기 시작했다.

　지금 내게 남아도는 것은 '나를 위한 시간'이다. 시간적 여유를 계기로 내린 결정은 이러했다. 내가 쥐고 있는 걱정 보따리

도 무거운데, 굳이 시간에 대한 강박증이나 시간에 쫓기는 두려움까지 담아갈 필요는 없다는 것이었다. 무엇보다, 흘러넘치는 시간을 홀로 보내며 견디는 것은 더욱 무의미하다고 생각했다. 그래서 요즘은 그날그날 마음 내키는 대로 하루의 생활을 군중 속에서 채워 가고 있다.

사람들과 함께할 때만큼은 스스로를 자유롭게 풀어놓는다. 군중 속에 있을 때의 나는, 다시 혼자가 되었을 때 내 마음이 어지럽혀질 것을 잘 알고 있기에 그 순간만큼은 느슨하게, 편안하게 마음과 영혼을 내려놓는다.

사람들과 함께 있을 때면, 나를 붙잡고 있던 모든 잡념들이 달아나 버린 것처럼 강력하게 빨려 들어갔다.

이렇게, 버티어 간다.

마음이 가난하여 :

쌓여 감을 충실히 견디라는 말을
유난히 밀어내고 싶은 날이 있다.

깊고 긴 공허함은
곧 내 구석구석으로 침잠하여 들었다.

유난히 싫고 싶다.

Scene #3

▼

▼

카페스타그램

여과되지 못한 채 :

겨우내 채 녹지 못하였던 건지,

녹아야 할 때를 잊었던 건지

여 남은 그의 한마디는

미처 걸러지지 못한 채

시커먼 드립 커피 수면 위로

잔잔한 향이 되어 내려앉았다.

Opening: 소확행, 시발점

종잡을 수 없는 것이 있다.

전혀 길지 않은 세월을 살았지만, 그동안 느낀 것은 사람의 미래는 전혀 가늠할 수가 없다는 것이다. 인생이 가지고 있는 이 불확실함은, 지난날 스트레스의 주원인으로 작용하기도 하고 전혀 예상치 못한 행운을 가져다주기도 했다. 그것은 내게 큰 행복이 되기도 했고, 일상을 살아가는 또 다른 즐거움이 되어 주었다. 내 일상을 채우는 즐거움의 일례로, 전혀 예상하지 못한 취미 생활이 생긴 것을 꼽을 수 있다.

Shot 1. 씁쓸한 첫 경험

커피를 처음 접했던 때는 고등학생 시절이다. 지금의 나로서는 왜 그랬는지 당최 모르겠는데, 입시만을 생각하는 학생의 신분이 답답했다. '학생=공부'라는 강박관념이 내 숨통을 조여오는 듯했다. 아마도 공부에 큰 뜻이 없었던 것이 화근이리라. 나는 하루빨리 공부할 필요가 없는 어른이 되고 싶었다.

조급한 내 마음과는 반대로, 시간은 결코 내게 자비를 베풀지 않았다. 입시와의 전쟁을 끝내고 싶은 마음은 멀찌감치 내달리는데 시간은 이보다 더디게 갈 수가 없었다. 하루의 매일에 답답증을 느낄 당시, "스타벅스 아메리카노 정도는 마셔 줘야 어른이지." 하는 사촌오빠의 한마디가 내게 날아와 박힌다. 당장 친구 몇을 이끌고 카페라는 곳에 처음 갔다. 지금 기억하기에 내 인생 첫 아메리카노는 굉장히 쓰기만 했다. '대체 이런 것은 왜 마시나? 어른이 되려면 이런 쓴 것도 경험할 줄 알아야 하는 것인가?' 하는 의문을 갖기에 딱이었다.

Shot 2. 편안한 변화

종잡을 수 없는 인생의 상황은 인간관계에서도 같다. 가장 친한 친구라고 여겼던 사람과 하루아침에 멀어져 서먹해지는가 하면, 나와 전혀 다른 성격이라고 생각하고 멀리하던 사람과 급속도로 관계가 발전되는 경우가 비일비재하게 일어나는 것을 보면 말이다. 나 역시 커피와 정말 우연히 친해지게 되었다.

2014년의 나는 휴학생이었다. 인생의 긴 줄기에서 가장 아름다운 시기가 대학생이라면, 인생에서 가장 편안하고 여유로운 사치를 누리는 시기는 대학생의 범주 안에 들어 있는 '휴학생'이라 할 수 있다. 당시에는 다른 이들이 휴학 중인 나를 왜 부러워했는지 몰랐다. 하지만 시간이 지나고 보니 휴학생 시절만큼 상팔자는 없었고, 내 인생에서 머리 휘날리며 가장 폼 나게 보냈던 때가 그 시기였다. 잠시 그 시기의 내 모습을 떠올리며 부러움의 눈을 한번 흘겨본다.

2014년이었다. 런던에서, KBS 방송국에서 휴학생 신분을 누리며 찬란하게 보냈다. 부러움을 실은 여러 시선을 한몸에 받았다. 그때만큼 자신만만하고 당당하던 때가 또 언제 올까 싶다. 그립다.

다신 오지 않을 아름다운 내 청춘의 한 구절을 정리해야 하는 시간은 어김없이 다가왔고, 꿈만 같던 2014년이 저물었다. 곧 나의 휴학도 마무리되었다. 그리고 2015년, 다시 대학생 신분이 되어 학교로 돌아갔다.

복학에 두근대고 가슴 설레던 것도 잠시, 한 번에 다섯 개의 팀 프로젝트와 두세 개의 개인과제로 정신이 없었다. 휴학의 달콤한 여운, 2014년의 여유롭고도 찬란했던 모습, 지난날의 향수가 뿜어져 나와 나를 몽롱하게 했다. 혼자였다면 그 시기를 버티지 못했을 내게는, 당시 나와 비슷한 감정을 가지고 있어 준 대학 동기들이 있었다. 너무 감사하다. 휴학 전, 그들과 나의 관계는 서먹한 분위기를 덤으로 얹고 인사만 하는 사이였다. 그러나 휴학을 하고 돌아온 학교에서 다시 보게 된 그들과

나 사이에는 강력한 연결고리가 형성되어 있었다. 복학생이라는 타이틀을 걸고 학교로 돌아온 우리 서로가 시간으로, 마음으로 공유할 수 있는 내용이 많아지기 시작했다.

우리 넷은 아침부터 밤늦게까지 혹은 새벽녘까지 줄곧 붙어 다녔다. 같은 밥, 같은 과제, 같은 고민을 나누며 같이 있었다. 나와 같은 처지의 복학생이 함께 있다는 사실에, '다시 학교생활 적응'이라는 또 하나의 계절을 외롭지 않게 버틸 수 있었다. 서로에게 든든한 지지대이자 버팀목이 되어 준 덕분이다. 그렇게 우리는 아무도 침범할 수 없는 우리만의 추억 영역을 확장해 갔다.

복학생이라는 이름을 떼고 또 다른 학기를 맞이하였을 때, 그 시간 우리가 담았던 추억을 다시 만져 본 날이 있었다. "이때 답 없는 팀원 만나서 힘들긴 했어도 나름 재밌었는데, 그치?", "이때 과제 하다 열 올라서 하루에 3닭 했던 거 기억나?" 하며 소소하게 웃으며 얘기하다, 우리가 이랬나 싶을 정도로 당시엔 자각하지 못했던 사실을 알게 된다. 나를 칭하는 복학생이라는 단어가 여전히 어색하기만 했던 시기, 서로에게 서로가 있었기에 든든했던 2015년 그 시절, 우리가 만든 추억 데이터의 배경에 가장 큰 영역을 차지한 것은 카페였다.

그들과 두터운 친분을 쌓기 이전, 카페라는 공간은 나에게 그저 더운 여름날, 적절한 돈을 내고 시원한 에어컨 바람을 쐬러 가는 공간이었다. 혹은 내 곁의 사람과 꽁냥 대거나 진솔한 대화를 나누는 공간에 불과했다. 그곳에서 노트북을 두드리거나 책을 펴 놓고 할 일 하는 사람들은 약간 부담스럽게 느껴졌다. 각자의 일은 각자 고유한 영역에서 하면 될 것을, 왜 이렇게 개방된 공간에서 소음을 내며 불편하게 해야 하는 것일까 하는 생각이었다. 이런 나와 달리, 동기들은 이미 예전부터 카페에서 각자의 할 일을 즐기는 수준을 넘어 그곳에서 시간 보내는 것에 중독되어 있는 자들이었다. 그리고 나는 나도 모르는 사이, '친구 따라 강남 간다'는 수순을 정확히 밟고 있었다.

처음 그 친구들과 시작한 '카공' 적응기는 쉽지 않았다. 공부하며 틈틈이 마시던 커피도 그저 쓰기만 했고, 카페의 분위기에서 공부에 집중하기가 어려웠다. 눈앞의 책보다 옆 테이블 커플의 이야기에 더 집중하게 되었고, 당장 해치워야 할 과제보다 테이블에 놓인 달콤한 와플을 먹어치우는 것이 우선이었다.

하지만 인간은 예부터 적응의 동물이라고 하지 않았는가. 카페에서 집중할 수 없던 내가 어느덧, '극혐'하던 카공 중독자가 되어 버렸다. 카페에서 내 할 일 하노라면, 옆 테이블 손님들의 이야기 소리도, 당장에 먹어야 할 따끈한 디저트도 이제는 더 이상 나의 집중을 방해하지 않는다. 이제 친구들보다 더하면

더했지 결코 덜하지 않은 카페 죽순이가 되었다.

그러면서 내 입맛도, 성향도 자연히 변했다. 콩을 볶아 즙을 짜서 만든 맛도 없고 쓰기만 한, 그저 돈 버리는 허세 음료로 치부했던 아메리카노는 나의 최애메뉴가 되었다. 커피 콩 볶는 은은한 향기와 소리, 그 공간의 사람들이 소근대는 적절한 소음은 내가 가장 집중하기 좋은 백색소음이다. 이젠 오히려 집이나 독서실, 도서관같이 적막한 공간에서 집중하기가 더 어렵다. 역시 앞날을 예측하거나 장담할 수 없는 것이 인생이며, 그 사람이 만들어 내는 결과물이다.

Shot 3. 커피보단 콘센트

카페 죽순이가 되었다고 해도, 커피의 맛과 다양한 풍미, 부드러움을 논할 수 있는 '커피 내공'은 거의 없다. 이렇다 보니 좋아하는 카페를 선정하는 데 커피의 맛, 메뉴는 크게 고려하지 않는다. 다만 내가 카페를 고르는 기준을 꼽으라면, 딱 두 가지다. 첫 번째는 카페 분위기요, 두 번째는 카페 내 콘센트 유무다.

이 두 가지를 꼽는 데 별다른 이유는 없다. 그저 내가 이 카페에서 할 일을 오래 할 수 있느냐 없느냐가 기준일 뿐이다. 지금부터 언급할, '할 일 하기에 최적인 카페 선정 방법'은 지극히

개인적 주관이라는 점을 미리 일러둔다.

지난 시절, '카공'을 수행하며 숱한 시행착오를 겪었다. 지금껏 쌓은 내공으로 알게 된 사실은, 짙은 나무색 혹은 흑색 인테리어가 된 카페는 손님들에게 '조금은 길게 쉬어 가도 된다'는 의미를 품은 곳이 많았다는 점이다. 그러니 그런 곳을 방문한다면, 가방을 무겁게 하여 엉덩이 아플 정도로 눌러앉아도 되었다. 이에 비해, 온통 하얀 벽지에 가구들이 아이보리 톤이라면 그곳은 절대적으로 '인스타 감성'을 위한 공간이니 할 일을 하고자 하는 때 피하는 공간 1순위가 된다. 그러한 카페는 몸은 가볍게 하고 설레는 마음으로 방문하는 것이 적절할 테다.

내 할 일 하기 좋은 카페 선정 기준의 두 번째 요인인 콘센트의 유무는 중의적 의미를 포함한다. 첫 번째 의미는 말 그대로

'콘센트의 많고 적음'이다. 두 번째 의미는 그 카페에 머무는 중에 발생하는 상황을 말한다. 나와 같은 형편의 사람들 사이에서 싹트는 '동지애'다.

콘센트 많은 카페는 나 말고도 각자 할 일을 하기 위해 찾는 사람들이 많다. 그래서 콘센트 부자 카페는 자리다툼이 늘 치열하다. 주로 노트북 작업을 하거나 장기간 그곳에 머물며 휴대폰 충전이 필요한 이들이 많기 때문이다. 이런 부류의 카페는 조금만 늦었다 싶으면 이미 콘센트 꽂을 자리는 죄다 동이 나서 다른 카페들을 황망히 전전해야 하는 불상사가 발생한다. 내가 예쁘다고 생각했던 옷은 다른 사람 눈에도 예뻐 보이는 탓에 재고 부족이라는 상황을 맞닥뜨리는 것과 같은 맥락이다.

굳이 왜 자리싸움 치열한 카페에 가서 고생을 하느냐고 하겠지만, '카공' 중독자들이 아침부터 일어나 이 카페 한 자리를 차지하기 위해 부지런을 떠는 이유는 따로 있다. 앞서 말했듯이 '동지애' 때문이다.

콘센트를 찾아 방문한 카페에서는 서로 모르는 사이라고 해도 옆 테이블의 또 다른 카공인에게 암묵적으로 의존하게 된다. 같은 처지라는 맥락에서 피어오르는 이 감정은 화장실에 가거나 잠시 자리를 비워야 할 때, 전혀 두렵지 않게 해 준다. 내가 굳이 말하지 않아도 내 옆의 손님이 내 짐을 맡아 주고 돌보아 주기 때문이다.

그는 동지이면서 동시에 전우다. 혹여나 카페 회전율이 떨어지는 것을 염려하는 카페 사장님의 눈치로부터, 혹은 카공하는 이들을 못마땅해 하는 손님들의 눈치로부터 방패막이가 되어주는 것이다. 서로 말 한마디 섞지 않아도, 옷깃 한번 스치지 않아도 함께 애틋한 정을 싹 틔운다.

나의 카페 전우들은 장시간 카페에서 그들만의 자리를 차지하게 함으로써 각자의 영역을 존중해 준다. 또한, 나 혼자만 여기에 전세 낸 듯 앉아 있는 것이 아니라는 동질감을 느끼게 하며 카공 할 맛을 절로 나게 한다. 내가 카페만 가면 집중이 너무 잘 되는 건 다 이런 까닭이리라.

Closing: 다시 꾸는 꿈

카페 방문은 취미이자 일상이 되었다. 그리고 이제 이 영역은 다른 사람들이 나를 떠올리는 나만의 독자적인 컨셉이 되었다.

카페를 밥집보다 많이 가는 내게 누군가는 돈 낭비하면서 그곳에 왜 가느냐, 또 다른 누군가는 허세 부리러 가느냐 등 핀잔 섞인 말을 생각 없이 던진다. 그러나 커피 볶는 향기와 손님들이 대화하는 잔잔한 소음이 조화롭게 어우러진 그 공간들을 자주 방문한 덕에, 해야 할 일과 한다면 좋을 일을 동시에 추진할 수 있었다. 그 결과, 해야 할 일은 당연히 체계적으로 달성할 수 있었고, 한다면 좋을 일을 실행한 덕에 새로운 목표를 이룰 수 있게 되었으며, 또 다른 꿈을 꿀 수 있을 만큼 나를 발전시켰다.

아주 먼 훗날, 그 어느 날이라는 시점에 다다랐을 때의 내 모습을 어렴풋이 그려 본다. 지금의 나처럼 불확실한 시기를 보내고 있을 그 나중의 청춘들이, 내가 만든 편안한 카페에서만큼은 눈치 보지 않고 머물다 가게 하겠다는 건강하고 단단한 상상을. 그 소박하면서 대단한 꿈을 손에, 마음에 쥐고서 오늘도 어김없이 동네 골목 어귀, 단골 카페의 내 자리를 찾는다.

커피소음 :

자근자근 시간을 밟아 오늘을 보내는 태도처럼,
여기저기 들려오는 목소리는 내 곁에 머물러
조곤조곤 새로운 여운으로 머문다.

내 마음에 들여보내 줄까,
내 한 곳에 자리를 만들어 내어 줄까,
적절한 시간을 들여 긴 호흡을 몰아내고,
조용히 곁에 두어 보기로 마음을 열어 본다.

곧, 은은함을 품은 향기가
내 안으로 그득히 내려앉는다.

Scene #4

▼

▼

당신에게 쓰는
편지

지난 시간의 더미 :

내 곁을 머무르는 당신의 짙은 향기,

그 속으로 들어찬 소음은

내게 다시 돌아와 긴 여운으로 울립니다.

내 앞에 마주한 당신의 따뜻한 미소,

그 위로 맺힌 흘러간 시간은

내게 다시 여울쳐 깊은 샘을 만듭니다.

마냥 스쳐간 것이라,

흘러간 것이라 여겼던

당신이 쌓아주신 지난 시간의 더미는

처연히 부서지고 마는 꽃잎 같은,

그런 찰나의 흩날림이 아니었습니다.

Opening: S와 T사이

인생은 B와 D사이의 C라고 한다. Birth(탄생)와 Death(죽음) 사이의 Choice(선택)라는 말이다. 하지만, 우리의 인생 맥락과 어울리지 않는 것이 있다. 바로, 인생에 B를 선물한 '부모님과의 인연'이다. 이 맥락의 일탈은 우리의 선택이라는 자력으로는 해결할 수 없는 것이다.

나의 B를 만들어 준, 당신들과의 인연은 S와 T 사이의 미묘한 경계선에 닿아 있다. Sorry(미안함)와 Thanks(고마움)로 통하는, 그 사이의 희미한 결들로 이어지는 나와 당신들이 쌓아 온 관계는 오늘도 여전히 또 다른 결을 만들어 내고 있다.

Shot 1. S

한 집안의 장녀다. 태몽은 '소'였으며 사주팔자를 보면 조상들이 점지해 준 한 집안의 '든든한 장녀' 소리가 빠지지 않았다. 그에 상응하는 책임감이라는 것을 입어야 알맞았을 것이다. 하지만 누가 보기에도 나의 현재는 책임의 무게를 짊어지기에는 한없이 기울었고, 초라하다.

당신들의 그늘이 익숙했지만, 인생의 성공에 대한 열의로 가득했던 지난날이 있었다. 근거 없는 자신감으로 나와 동생만을 바라보는 당신들에게 떳떳함이 되겠노라고 입이 아플 정도

로 외쳤다. 나는 당신들에게 무고한 희생을 요구하였다. 내가 그들의 삶에 중심이 되어야 만족했고, 내가 요구하는 것 모두를 이루어 달라고 윽박지르며 대들었다. 희생을 요구하며 당신들에게 잔인한 상처를 주었다. 이기적인 딸자식은 당신들의 그 희생을, 그 묵묵함을 당연한 것으로 여겼다. 나 몰래 흘렸던 당신의 땀과 눈물은 미래에 우리에게 받을 '효'에 대한 마땅한 대가라 여겼다.

참 부끄럽다.

자식이라는 인연으로 이어진 나를 이끌어 오고자 애쓴 당신들이다. 꾸준히 내 손을 잡았던 당신의 곳곳에는 어느새 깊은 그을음이 남았다. 못난 딸내미 키워내느라 다시는 지워지지 않을 깊은 주름의 골이 여기저기 생겨났다.

어른이 되어 당신들을 이끌고 가겠다고 호기롭게 외치던 그

어렸던 딸은, 아직도 찾아올 기약이 없는 이상을 꿈꾸고 있다. 이기적인 꿈에 취해 당신들에게 미안한 감정을 자꾸만 회피하려고 한다.

기별조차 없는 그날의 무게가 혹이 되어 이내 나를 짓누른다. 아니, 이 짓누름의 대가는 나만 받는 것은 아닌가 보다. 깊게 팬 당신의 주름 사이사이에 무거운 어둠으로 내려앉은 것을 보면. 마침내 당신들의 표정은 서서히 진실됨을 잃어 간다.

참 죄송하다.

내 속에 유치하게 자리한 자존심 때문에 여지껏 당신들 앞에서 고개 한번 숙이지 않았다. 입을 열면 당당한 척, 마음을 보이려고 하면 단단한 척, 행동을 하려고 하면 익숙한 척으로 스스로를 동여매었다. 순간을 스쳐 보내고, 시간을 물리고, 하루를 허비하는 여식의 유유한 모습에 이미 타 들어간 지 오래된 당신 마음의 흔적에 이제야 살포시 손을 얹어 보고자 한다. 이제야 어색하게나마 고개를 숙여 보고자 한다.

Shot 2. T

침착했다. 다독였다. 묵묵했다.

어둠을 만들어 놓고 끊임없이 파고 들기만 하던 나에게 세상

가장 큰 손이 움직여 주었다. 이제 탈출하라고. 악마를 키워내 매일같이 쥐고 흔들던 나의 화살촉에 가장 따뜻한 손이 움직여 주었다. 이제 털어내라고.

할 수 있다는 열정에 휘둘려 선후 구분 없이 나대던 시간이었다. 어쩌면 당신들은 알고 있었을지도 모른다. 당신의 소중한 딸아이가 픽 고꾸라질 것이라는 것을, 내가 느낄 그 아픔을 자신들도 짊어지게 될 것이라는 것도. 하지만 오랜 꿈에 대한 나의 불같은 투지에 당신들은 끝없이 침착했다. 성큼성큼 두 계단씩, 세 계단씩 뛰어오르려 할 때 당신들은 차분한 공기로 휘감고자 했다. 미련한 여식은 알지 못했다. 그리고 곧 넘어져 코를 박았다. 절망의 상황에도 당신들의 침착함에는 고갈이 없었고, 여전히 내 손을 붙들고 있었다. 그저 덤덤한 표정으로 나를 바라보면서.

무너지고 난 후 나를 가득 채운 좌절감과 모멸감은 이루 말할 수 없었다. '정'이라는 무늬를 두르고 한심하게 나를 흘기던 이들의 눈초리에 채찍질당한 시간은 결코 잊히지 않을 것이다. 나를 생각하는 척하던 이들에게 받은 상처는 평생을 두고도 씻겨 내려가지 않는 마음의 잔때로 남아 버렸다.

하루가 멀다 하고 철푸덕 쓰러져 정신 잃기를 반복했다. 매일 되풀이하는 상처 입은 방랑은 홀로 견디는 거라고, 스스로

의 마음만 축내는 일이라고 말뚝 박았다. 나의 뒤에서, 곁에서 조용히 눈물 훔쳐 지워내고, 묵묵히 쓰린 가슴 게워 내던 당신들은 살필 겨를조차 내지 않았다. 그렇게 스스로의 세상을 원망으로만, 한탄으로만 채워갔다. 내 뒤에서 더 낡아가는 당신들에겐 관심이 없었다.

행여나 약해 빠진 딸내미 마음에 또 다른 구덩이가 생길까 노심초사하던 당신들이었다. 흔들리는 마음이 또 나락이라는 바닥에 닿을까 걱정하고 근심하던 당신들이었다. 어쩌다 여기까지 왔을까 후회와 번민으로 꺽꺽 우는 마음에 또 다른 우물이 깊어지지는 않을까 두려움을 떠안고 사는 당신들이었다.

나 몰래 전전긍긍하며 밤을 지새운 당신의 시간이 감사하다. 내 뒤에서 그림자처럼 단단히 버틴 당신의 마음이 감사하다. 오늘도 당신들의 묵직하고 넓은 등에 기대어 하루의 소음을 막아내고 지나간다.

당신들의 배려에 감사하고, 당신들의 버팀에 감사하며, 당신들의 그늘에 감사하다.

Closing: 오늘도 네가

이 세상의 청춘을 바라보는 이 세상의 부모들이 있다. 우리를 바라보는 이 세상 모든 당신들의 바람은 그저 하나다. 오늘도 네가, 버티기를 바란다. 오늘도 네가, 덜 아프기를 바란다. 오늘도 네가, 행복하기를 바란다. 진심으로.

굵고 넓게 그을린 당신의 마디에는
숱한 시간이 남긴 흔적이 있습니다.

하나의 마디에는
아픈 줄 모르고 버티느라,
구차한 마음 외면한 채 끌고 오느라
무뎌진 당신의 마음이 남아 있습니다.

또 다른 시선을 마주한 마디에는
겹겹이 쌓인 세월의 층이,
서서히 번진 상처의 결이
뭉툭한 당신의 오늘로 남았습니다.

마냥 스쳐 버렸던 시간이라,

그저 흘려보낸 세월이라

아까이 여기지 마십시오.

당신이 가진 그 끝의 무뎌짐은,

내게 든든한 방어막이 되어 주었고,

당신이 가진 그 결의 뭉툭함은,

내게 따뜻한 위로가 되었습니다.

그 손이 만들어 준 세월에

참으로 감사합니다.

Ending: 남은 숙제 :

요즘, 생각이 많다. 나처럼 변덕 심하고, 하고 싶은 것은 많고, 아니 없는 것도 같고, 무엇을 해야 옳을지 여전히 모르겠다는 사람에게 어울리는 직장이, 직업이라는 것이 과연 있을까하고.

여러 갈래로 뻗어나가는 사유 사이에서 내 감정은 또다시 불안해진다. 나에게 어울리는 걸 하면서 사는 게 나은 건지, 나에게 필요한 걸 얻으면서 사는 게 나은 건지. 그도 아니라면 나에게 무엇인가 기대하는 시선을 충족시키며 사는 게 나은 건지. 애석하게도 그 물음은 하루를 또다시 쌓아가며 다시 풀어 가야할 숙제로 남아 버렸다.

걷잡을 수 없이 번져 가는
날 선 하루의 침묵은
소슬히 공중제비를 돌다
그 아래로 푹 박힌다.

갑작스런 공격에 상처 입은 세상의 여기저기는 곧,
순식간에 짙붉게 농익어 간다.

결국,
오늘도 이렇게 침묵 속을 걸으며
또 하루를 앞세웠다.

:: 글을 닫으며 ::

이 길이 진정한 내 길이라는 확신을 갖고 도전했고, 시작할 수 있었던 첫 직업은 드라마 프로듀서였다. 하지만 의욕과 열정만 갖고 되지 않는 일도 있다는 깨우침을 안고 물러나고 말았다. 당시만 해도 후퇴라는 선택은 똑 부러지는 결단력의 표현이라 여겼다. 일을 그만둘 때만 해도 '설마 이 기간이 오래 가겠어?', '1년 안에는 결판이 나겠지' 하고 막연하게 넘겨짚었다. 어렴풋한 생각이 또 문제였던 것일까. 얼마 지나지 않아 마주한 나의 모습은 자꾸만 초라해져 가고 있었다. 모든 것은 누구에게도 떠넘길 수 없는, 오로지 내가 책임져야 할 결과였다. 매일 롤러코스터 타는 기분으로 무기력과 편안함 사이를 오르락내리락하며 시간을 허비했다.

어느새 백수가 된 지 만 1년을 채우고 이제 2년차 백수라는 무게가 내 마음 위로 내려앉았다. 이런저런 생각이 꼬리를 물

고 이어지다 보면 밤잠을 설치게 된다. 또 새로운 해를 맞이했고 또 하나의 새로운 인생 행로를 걸어 나간다는 것이 두렵다.

2018년 여름은 '오늘이 최고 덥다'라는 말이 무색하게 내일이 더 더웠고, 그 다음 날이 더 뜨거웠다. 그 여름의 아스팔트 위에서 어지러이 피어오르던 아지랑이마냥 백수의 마음은 혼란스러웠다. 그러던 중, 나는 전혀 예기치 못한 상황에서 마음의 안정을 얻게 된다. 러시아 월드컵에서 독일을 상대로 보여준 대한민국 대표팀의 놀라운 선전! 그 누구도 쉽게 예상하지 못했던 빛나는 승리였다. 하지만 그날, 그들이 얻은 결과는 결코 하룻밤 사이에 일구어 낸 요행이 아니라는 것을 안다. 그간 땀 흘리며 꾸준히 닦아 왔던 실력이 마침내 터져 나온, 간절함이 일으킨 기적이었을 것이다. 그 이후로 지금까지 쭉, 승승장구하며 경기마다 관중석을 가득 채우는 축구 대표팀을 일 년 전만 해도 누가 상상이나 했을까. 그들을 보며 식상한 희망의 문장 하나를 띄워 보았다.

"꾸준히, 무언가 하나라도 계속하다 보면 언젠가는 빛을 볼 날이 오리라."

누군가는 낭만에 휩싸인 허울 좋은 말이라 치부할지도 모르겠다. 하지만 난, 가능하다면 꿈꾸는 낭만주의자로 조금 더 오래 머물고 싶은 마음이 크다. 그래서 누가 뭐라 한들 내가 할 수 있는 꾸준함에 작은 희망을 걸어 보려는 것이다. 그리고 조금 부끄럽지만 공공연히 밝혀 본다. 조악하고 촌스럽기 그지없어도 꾸준히, '내 친구' 글을 곁에 두려 한다.

다가오는 내일에는 부디, 기적까지는 아니더라도 지금까지 쌓아온 고생과 노력들이 빛을 발하는 순간을 맞이하고 싶다. 그렇게, 나도 이 세상에서 내가 하고 싶은 일을 밀고 나갈 수 있다는 힘과 의지를 모두에게 보여줄 날을 기대해 보는 것이다.

　도처의 청년 백수들, 우리 기죽지 말고 당당하게 지내봅시다. 우리, 포기하지 말고 꾸준히 살아 봅시다. 우리, 사라지지 않는 의지를 갖고 또 걸어가 봅시다.

　오늘과 내일의 당신을 위해, 파이팅!

　　　　　　　　　　2019년을 조심스레 기대해 보는
　　　　　　　　　　낭만주의자 청년 백수 씀